歷代全集叢刊／張印棟主編

歐陽文忠公全集十八種附一種

（第二册）

（宋）歐陽修　撰

河南人民出版社

居士集卷第十三　　歐陽文忠公集十二

詩五十五首

送鄭革先輩賜第南歸一本注革以累舉年老恩賜出身

少年鄉譽歎才淹，六十猶隨貢士函。握手親朋驚白髮，還家閭里看青衫。閣涵空翠連衡阜，門枕寒江落楚帆。試問塵埃勤斗禄，何如琴酒老雲巖。

和原父揚州六題六一作五

時會堂二首造貢茶所也

積雪猶封蒙頂樹，驚雷未發建溪春。中州地暖萌芽早，入貢宜先百物新。

憶昔嘗修守臣職余嘗守揚州歲貢新茶先春自採兩旗開誰知白首來辭禁得與金鑾賜一杯

春貢亭

自東門泛舟至竹西亭登崑丘入蒙谷戲題

崑丘蒙谷接新亭畫舸悠悠春水生欲覓揚州使君處但隨風際管絃聲

竹西亭

十里樓臺歌吹繁揚州無復似當年古來興廢皆如此徒使登臨一慨然

崑丘臺

訪古高臺半已傾，春郊誰（一作隨）從綵旗行。喜聞車馬人同樂，慣聽笙歌鳥不驚。

蒙谷

一徑崎嶇入谷中，翠條紅刺罥春叢。花深時有人相應，竹密初疑路不通。

內直奉寄聖俞博士

千門鑰（一作鎖）入斷人聲，樓閣（一本作闕）沉沉夜氣生。獨直偏知宮漏永，稍寒尤（一作猶）覺玉堂清。霜雲映月鱗鱗色，風葉飛空摵摵鳴。犬馬力疲恩未報，坐驚時節已崢嶸。

送梅龍圖公儀知杭州

萬室東南富且（一作號富）繁，羡君風力有餘閑。漁樵人樂江湖外（一作上），談笑詩成罇俎間。日暖梨花催美酒，天寒桂子落空山。郵筒不絶如飛翼（一作雖然不得陪佳賞），莫惜新篇屢往還（一作應有新篇慰病顔）。

送沈學士知常州 康

舊館芸香鎖寂寥，齋舲東下入秋濤。江晴風暖旌旗颭，木落霜清鼓角高。吟就綵牋賓已醉，舞飜紅袖飲方豪。平生粗得爲州樂，因羡君行首重搔。

聖俞在南省監印進士試卷有兀然獨坐之

歎因思去歲同在禮闈慨然有感兼簡子華景仁

南宮官舍苦蕭條常憶羣居接儁寮古屋醉吟燈豔豔畫廊愁聽雨蕭蕭殘春共約無虛擲一歲那知忽復銷顧我心情又非昨秖思相伴老漁樵

奉答聖俞歲日書事

積雪照清晨東風冷著人年光向一作隨老速物意逐時新貰酒閑邀客披裘共一作自探春猶能自一作略勉彊顧我莫辭頻

夜聞春風有感奉寄同院子華紫微長文景

仁

閏後春深雪始銷，東風凌鑠勢方豪。陽生草木黃泉動，氷破江湖白浪高。未報國恩嗟病骨，可怜身事一漁舠。少年自與芳菲競，莫笑衰翁擁弊袍。

病告中懷子華原父

狂來有意與春爭，老去心情漸不能。世味惟存詩淡泊，生涯半爲病侵陵。花明曉日繁如錦，酒撥浮醅綠似澠。自是少年豪橫過，而今癡鈍若寒蠅。

奉酬長文舍人出城見示之句

春分臘雪未全銷，凜冽春寒氣尚驕。攝事初欣迎社

鶯尋芳因得過溪橋清浮酒蟻醅初撥暖入鸎簧舌漸調興味愛君年尚少莫嫌齋禁一作齋館暫無慘

唐崇徽公主手痕和韓內翰

故鄉飛鳥尚啁啾何況悲笳出塞愁青塚埋魂知不返翠崖遺迹為誰留玉顏自古為身累肉食何人與國謀行路至今空歎息巖花澗草自春秋

答和閤老劉舍人雨中見寄

花間鳥語愁泥滑屋上鳩鳴厭雨多坐見殘一作芳春一如此可憐吾意已蹉跎蕭條兩鬢霜後草瀲灩十分金卷荷此物猶能慰衰老一作病稍晴相約屢相過

寄閣老劉舍人

夢寐江西未得歸，誰憐蕭颯鬢毛衰莓苔生壁圖書室風雨閉門桃李時得酒雖能陪笑語老年其實厭追隨明朝雨止花應在又踏春泥向鳳池

詳定幕次呈同舍（嘉祐四年御試進士時詳定卷子幕次在崇政殿後）

來時宮柳綠初勻坐見紅芳幾番新蜂蜜滿房花結子還家何處覓殘春

禁中見鞓紅牡丹（洛中花之奇者也）

盛遊西洛方年少晚落南譙號醉翁白首歸來玉堂署（一作上）君王殿後見鞓紅

和江鄰幾學士桃花用其韻時在崇政殿後詳定幕次

草上紅多枝上稀芳條一作苞緑蕚憶來時見桃著子始歸後誰道仙花開落遲

送襄陵令李君

緑髮襄陵新長官面顔雖老渥如丹君服何首烏鬚髮皆黑顔容如少時折腰聊爲五斗屈把酒猶能一笑歡紅棗林繁欣歲熟紫檀皮軟禦春寒民淳政簡居多樂無苦思歸欲掛冠

景靈宫致齋

攝事衰年力不彊誰憐岑寂卧齋坊一作房青苔點點

無人迹綠葉陰陰覆砌涼玉宇清風來處遠仙家白日靜中長却視九衢車馬客自然顏鬢易蒼蒼

夏享太廟攝事齋宮聞鶯寄原甫

四月田家麥穗稠桑枝生椹鳥啁啾鳳城綠樹知多少何處飛來黃栗留田家謂麥熟時鳴者為黃栗留出詩義

送王平甫下第安國

歸袂搖搖心浩然曉船鳴鼓轉風灘朝廷失士有司恥貧賤不憂君子難執手聊須為醉一作酒別還家何以慰親懽自慙知子不一作未能薦白首胡為侍從官

對雪十韻

對雪無佳句，端居正杜門。人閑見初（一作初見）落，風定不勝繁。可喜輕明質，都無剪刻痕。鋪平失池沼，飄急響窻軒。惜不揺嘉樹，衡宜走畫轅。寒欺白酒嫩（一作老），暖愛紫貂温。遠靄銷如洗，愁雲晚更屯。兒吟鵷鳳語，翁坐凍鴟蹲。病思驚殘歲，朋懽賴酒（一作一）罇。稍晴春意動，誰與探名園。

和武平學士歲晚禁直書懷五言二十韻（用其韻）

多病淹殘歲，初寒卧直廬。朝廷務清静，鈴索少文書。嚮學今爲盛，優賢古莫如。靚深嚴禁署（一作闥），閑宴樂羣居。賜馬聯金絡，清塵侍玉輿。討論三代盛，獻納萬機餘號令存寬大文章復古初笑談揮翰墨俄頃列璚琚夜漏銷宮燭春暉上玉除謌詩唐李杜言語漢嚴徐自顧追時彥多慙不鄙予無鹽煩刻畫寒谷借吹嘘朋友飛鵻鷺君臣在藻魚貪榮同衞鶴取笑類黔驢皎皎心雖在蕭蕭髮已疎未知論報効安得遂樵漁雲破西山出江横畫閣虚餘生歎勞止搔首念歸歟引綬誇民吏椎牛會里閭一麾終得請此計豈躊躇

答西京王尚書寄牡丹

新花來遠喜開封呼酒看花興未窮年少曾爲洛陽

客眼明重見魏家紅却思初赴青油幕自笑今爲白髮翁西望無由陪勝賞但吟佳句想芳叢

應制賞花釣魚

絳闕晨霞一作光照霧開輕塵不動翠華來魚遊碧沼涵靈德花馥清香薦壽杯夢聽鈞天聲杳默日長化國景徘徊自慚擊壤音多野帝所賡歌亦許陪

清明賜新火

魚鑰侵晨放九門天街一騎走紅塵桐華應候催佳節榆火推恩忝侍臣多病正愁餳粥冷清香但愛蠟煙新自憐慣識金蓮燭翰苑曾經七見春

明堂慶成

辰火天文次皐門路寢闈奉親昭孝德惟帝饗精誠禮以三年講時因萬物成九筵嚴太室六變導和聲象魏中天起風雷大號行歡呼響山岳流澤浹根莖寶墨飛雲動金文耀日晶從臣才力薄無以頌休明

羣玉殿賜宴（一本作謝上賜飛白書）

至治臻無事豐年樂有成圖書開秘府宴飫（一作飲）集羣英論道皇墳奧貽謀（一作謨）寶訓明九重多暇豫八體極研精筆力千鈞勁豪端萬象生飛牋金灑落拜賜玉鏘鳴盛際崇儒學愚臣濫寵榮惟能同舞獸聞

樂識和聲

永昭陵挽詞三首　仁宗

與子雖天意，知人昔帝難。一言謀早定，九鼎勢先安。大舜仁由性，成湯治以寬。孤臣恩未報，清血但汍瀾。

干戈不用臻無事，朝野多歡樂有年。便坐看揮飛白筆，侍臣新和栢梁篇。衣冠忽見藏原廟，簫（一作笳）鼓愁聞向洛川。寂寞秋風羣玉殿，還同恍惚夢鈞天。

行殿沉沉晝翣重，淒涼挽鐸出深宮。攀號不悟龍胡遠，侍從猶穿豹尾中。日薄山川長起霧，天寒松栢自生風。斯民四十年涵煦，耕鑿安知荷帝功。

續作永昭陵挽詞五首

王者居尊本無外由來天下以爲家六龍白日乘雲去何用金錢買道車

苦霧霏霏著彩旗猶排吉仗雜凶儀常時鳳輦行遊處今日龍輴慟哭隨

都人擾擾塞康莊西送靈車過苑墻金鼎藥成龍已去人間惟有鼠拖腸

素幕悠悠逗曉風行隨哀挽出深宫妃嬪莫向蒼梧望雲覆昭陵洛水東

叨陪法從最多年慣聽梨園奏管絃從此無因瞻黼

坐惟應夤夢到鈞天

赴集禧宫祈雪追憶從先皇駕幸汯然有感

琳闕岧岧倚瑞煙，憶陪遊豫入新年。雲深曉日開宫殿，水閣春風颺管絃。千騎清塵回輦路，萬家明月放燈天。一朝人事凄涼改，惟有靈光獨巋然。

夜宿中書東閣

翰林平日接羣公，文酒相歡慰病翁。白首歸田徒（墨蹟作空）有約，黄扉論道愧無功。攀髯路斷三山遠，憂國心危百箭攻。今夜静聽丹禁漏，尚疑身在玉堂中。

送王學士赴兩浙轉運（京本作送王勝之兩浙運使）

漢家財利析秋毫暫屈清才豈足勞邑屋連雲盈萬井舳艫銜尾列千艘春寒欲盡黃梅雨海浪高飜白鷺濤平昔壯心今在否江山猶得助詩豪

早朝

閶闔初開瑞霧中丹霞曉日上蒼龍鳴鞭響徹廊千步佩玉聲趨戟百重雪後朝寒猶凜冽柳梢春意已丰茸少年自結芳菲侶老病惟添睡思濃

下直

宮柳街槐綠未齊春陰不解宿雲低輕寒漠漠侵馳褐小雨班班作鷰泥報國無功嗟已老歸田有約一作

計一何稽終當自駕柴車去獨結茅廬潁水西

齋宮尚有殘雪思作學士時攝事于此嘗有
聞鶯詩寄原父因而有感四首

雪壓枯條脉未抽春寒慘慄作春愁却思綠葉清陰
下來此曾聞黃栗留

老來何與青春事閑處方知白日長自恨乞身今未
得齒牙浮動鬢蒼浪

兩京平日接英髦不獨詩豪酒亦豪休把青銅照雙
鬢君謨今已白刁騷

詩篇自覺隨年老酒力猶能助氣豪興味不衰惟此

爾其餘萬事一牛毛

攝事齋宮偶書一作齋夕感事

齋宮岑寂偶偷閑，猶覺閑中興未闌。美酒清香銷晝景，冷風殘雪作春寒。丹心未死惟憂國，白髮盈簪盡掛冠。誰為寄聲清穎客，此生終不負漁竿。

早朝感事

疎星牢落曉光微，殘月蒼龍闕角西。玉勒爭門隨仗入，牙牌當殿報班齊。羽儀雖接鴛兼鷺，野性終存麋與麏。笑殺汝陰常處士墨蹟作雲林高卧客，十年騎馬聽朝音潮鷄。

集禧謝雨

十里長街五鼓催，泥深雨急馬行遲。卧聽竹屋蕭蕭響，却憶滁州睡足時。

下直呈同行三公

午漏聲初轉，歸鞍路偶同。天清黄道日，街闊緑槐風。萬國舟車會，中天象魏雄。戢戈清四海，論道屬三公。自愧陪羣彦，從來但樸忠。時平容竊禄，歲晚歎衰翁。買地淮山北，垂竿潁水東。稻粱雖可戀，吾志在冥鴻。

東閣雨中

直閤時偷暇，幽懷坐獨哦。緑苔人迹少，黄葉雨聲多。

雲結愁陰重風傳禁漏過瑤圖新嗣聖玉塞久包戈
相府文書簡豐年氣候和還將鳳池句聊雜野人歌

四月十七日景靈宮奉迎仁宗皇帝御容有感

行殿峩峩出綠槐琳房芝闕聳一作竦崔嵬管絃飄落人間去幢節疑從天上來基業百年傳聖子黔黎四紀樂春臺孤臣不得同鍼虎未死心先冷若灰

居士集卷第十三

熙寧五年秋七月男發等編定

紹熙二年三月郡人孫謙益校正

兼簡子華景仁 相伴 一作相逐

奉酬長文出城 鸎篁 篁一作簧 莫嫌 一作莫懷 無憀 憀一作寥

寄劉舍人 笑語 一作語笑

和江鄰幾桃花 歸後 一作去

景靈宮致齋 石本序云某恪景靈致齋書事奉懷審官糾察太學史院五君子伏惟采覽某上

和武平禁直書懷 躊躇 一作踟躕

早朝感事 囊 石本作橐

居士集卷第十四　歐陽文忠公集十四

律詩六十五首

馬上默誦聖俞詩有感一作偶題

興來筆力千鈞勁一作重酒醒一作醉後人間萬事空蘇梅
二子今亡矣索寞滁山一醉一作惆悵滁陽一病翁

定力院七葉木

伊洛多佳木娑羅舊得名常於佛家見宜在月宮生
釦砌陰鋪靜虛堂子落聲夜風疑雨過朝露炫霞明
車馬王都盛樓臺梵宇閎惟應靜者樂時聽野禽鳴

秋陰

秋陰積不散，夜氣凜初清。雨冷侵燈暈，風愁送葉聲。國恩慙未報，歲晚念餘生。却憶滁州睡，村醪自解醒。

秋懷

節物豈不好，秋懷何黯然。西風酒旗市，細雨菊花天。感事悲雙鬢，包羞一作貪榮食萬錢。鹿車終自駕，歸去潁東田。

初寒

多病淹殘歲，初寒悄獨吟。雲容乍濃淡，秋色半晴陰。籬菊催佳節，山泉響夜琴。自能知此樂，何必戀腰金。

寄渭州王仲儀龍圖一作送王素之渭州

羨君三作臨邊守慣聽胡笳不慘然弓勁秋風鳴白角帳寒春雪壓青氊威行四境烽煙斷響入千山號令傳翠幕紅燈照羅綺心情何似十年前

崇政殿試賢良晚歸

槐柳依依禁籞長初寒人意自凄涼鳳城斜日留殘照王闕浮雲結夜霜老負漁竿貪國寵病須樽酒送年光歸來解帶西風冷衣袖猶霑玉案香

聞潁州通判國博與知郡學士唱和頗多因以奉寄知郡陸經通判楊褒

一自蘇梅閉九泉始聞東潁播新篇金樽留客史作一

使君醉玉麈高談别乘賢十里秋風紅菡萏一溪春水碧漪漣政成事簡何爲樂終日吟哦雜管絃

南郊慶成

祀教民昭孝天惟德是親太宫嚴大饗吉土兆精禋禮樂三王盛梯航萬國賓恩霑羣動洽慶與一陽新奉册尊長樂均釐及衆臣不須雲物瑞和氣浹人神

和昭文相公上已宴

一雨初消九陌塵秉蘭修禊及芳辰恩深始錫龍池宴節正須一作方知鳳曆新是歲始頒明天新曆三月三日丁已紅琥珀傳盃瀲灧碧琉璃瑩水淪漪上林未放花齊發留待

鳴鞘出紫宸

三日赴宴口占

賜飲初逢禊節佳昆池新漲碧無涯九門寒食多遊騎三月春陰正養花共喜流觴修故事自憐雙鬢惜年華鳳城殘照歸鞍晚禁籞無風柳自斜

讀楊蟠章安一本有詩字集

蘇梅久作黄泉客我亦今爲白髮翁卧讀楊蟠一千首乞渠秋月與春風

蘇主簿挽歌洵

布衣馳譽入京都丹旐俄驚一作聞反舊閭諸老誰能

先賈誼君王猶未識相如三年弟子行喪禮千兩鄉人會葬車我獨（一作獨我）空齋掛塵榻遺編時閱子雲書

寄題沙溪寶錫（碑本作積）院

爲愛江西物物佳作詩嘗向北人誇青林霜日換（一作染）楓葉白水秋風吹稻花釀酒烹雞留醉客鳴機織（臺蹟作緝）苧徧山家野僧獨得無生樂終日焚香坐結跏

宋司空（一作元憲公）挽辭

文章天下無雙譽伯仲人間第一流出入兩朝推舊德周旋三事著嘉謀從容進退身名泰寵錫哀（一作褒）榮禮數優棠從來敦友愛九原相望接松楸

感事 治平丁未正月二十有六日

故園三徑久成荒，賢路胡爲此坐妨。病骨瘦便花藥暖，嘉祐八年于闐國王遣使來朝貢，恩賜宰臣已下于闐所獻花藥布，柔肭絜白如凝脂，而禦風甚温，不減駞褐也。煩心渴喜鳳團香。先朝舊例，兩府輔臣歲賜龍茶一斤而已。余在仁宗朝作學士兼史館修撰，嘗以史院無國史，乞降一本以備檢討，遂命天章閣録本付院。仁宗因幸天章，見書吏方録國史，思余上言，亟命賜黄封酒一瓶、果子一合、鳳團茶一斤，押賜中使語余云：上以學士校新寫國史不易，遂有此賜。然自後月一賜，遂以爲常。後余忝二府，猶賜不絶。號弓但灑孤臣血，憂國空餘兩鬢霜。何日君恩憫衰朽，許從初服返耕桑。

大行皇帝靈駕發引挽歌辭

享國年雖近，斯民澤巳深。儉勤成禹聖，仁孝本虞心。方慶逢千載，俄驚遏八音。天愁嵩嶺外，雲慘洛川濤。仗動千官衛，神行萬象陰。孤臣恩未報，清血但盈襟。

其一

文景孜孜儉與恭，慨然思就太平功。興隆學校皇家盛，放斥嬪嬙永巷空。威懾（一作攝）黠羌方問罪，冊成仙鼎忽遺弓。霜清日薄簫笳咽，萬國悲號慘澹中。

其二

千齡應運叶天人，四海方欣政日新。忽見九門陳羽衛，猶疑五載欲時巡。觚稜月暗翔金鳳，輦道霜清卧

石麟白首舊臣瞻盡萎秋風淚灑屬車塵

其三

奉答子履學士見贈之作

誰言潁水似瀟湘一笑相逢樂未央歲晚君尤耐霜雪興闌吾欲返耕桑銅槽旋壓清樽美玉麈閑揮白日長豫約詩（一作書）筒屢來往兩州雞犬接封疆

送道州張職方

桂籍青衫憶共遊憐君華髮始爲州身行南雁不到處山與北人相對愁莫爲高才輕遠俗當令遺老識賢侯三年解組來歸日吾已先耕潁水頭

再至汝陰三絶

黄粟留鳴桑葚美紫櫻桃熟麥風涼朱輪昔愧無遺愛白首重來似故鄉

十載榮華貪國寵一生憂患損天真潁人莫恠歸來晚新向君前乞得身

水味甘於大明井魚肥恰似新開湖十四五年勞夢寐此時才得少踟躕余時將赴亳社恳許枉道過潁也

郡齋書事寄子履

使君居處似山中吏散焚香一室空雨過紫苔惟鳥迹夜涼蒼檜起天風白醪酒嫩迎秋熟紅棗林繁喜

歲豐寄語瀛洲未歸客醉翁今已作僊翁

答子履學士見寄

頹毫相望樂未央吾州仍得治仙鄉夢回摦上黄粱熟身在壺中白日長每恨老年才已盡怕逢詩敵力難當知君欲别西湖去乞我橋南菡萏香

寄棗人行書贈子履學士

秋來紅棗壓枝繁堆向君家白玉盤甘辛楚國赤萍實磊落韓嫣黄金丸聊効詩人投木李敢期佳句報琅玕嗟予久苦相如渴却憶冰梨熨齒寒

贈隱者

五岳嵩當天地中閒君仍在最高峯山藏六月陰崖雪潭養千年蛻骨龍物外自應多至樂人間何事忽相逢飲罷飄然不辭訣孤雲飛去杳無蹤

戲書示黎教授

古郡誰云亳陋邦我來仍值歲豐穰烏銜棗實園林熟一本作密蜂採檜花村落香世治人方安壠畝興闌吾欲反耕桑若無頰水肥魚蟹終老仙鄉作醉鄉

書懷一作思頰寄常處士

齒牙零落鬢毛疏頰水多年已結廬解組便爲閑處士新花莫笑病尚書青衫仕至千鍾禄白首歸乘一

鹿車況（一作幸）有西鄰隱君子輕蓑短（一作披蓑帶）笠伴春鋤（常夷甫也）

渦河龍潭

碧潭風定影涵虛神物中藏岸不枯一夜四郊春雨足却來閑卧養明珠

遊太清宮出城馬上口占

擁旆西城一據鞍耕夫初識勸農官鵶鳴日出林光動野闊風摇麥浪寒漸暖緑楊纔弄色得晴丹杏不勝繁牛羊雞犬田家樂終日思歸盡掛冠

太清宮燒香

清晨琳闕聳巑岏弭節齋坊暫整冠玉案拜時香裊裊畫廊行處佩珊珊壇場夜雨蒼苔古樓殿春風碧瓦寒我是蓬萊宫學士朝真便合列仙官

謝提刑張郎中寄節竹拄杖

玉光瑩潤錦斕斑霜雪經多節愈堅珍重故人相贈意扶持衰病過殘年

七言二首答黎教授

撥甕浮醅新釀熟得霜寒菊始開齋養丹道士顔如玉愛酒山公醉似泥不惜藥從蜂採去尚餘香有蝶來棲莫嫌學舍官閑冷猶得芳樽此共攜

共坐欄邊日欲斜更將金蘂泛流霞欲知却老延齡藥百草枯時始見花

又寄許道人

綠髪方一作青瞳瘦骨輕飄然乘鶴去吹笙郡齋獨坐風生竹疑是孫登長嘯聲

扶溝知縣周職方錄示白鶴宫蘇才翁子美贈黄道士詩并盛作三絶見索拙句輒爲四韻奉酬

能棊好飲一道士醉墨狂吟二謫仙道士不聞乘白鶴謫仙今已掩黄泉古來豪傑皆如此誰拂塵埃爲

悵然華髮郎官才調美更將新句續遺篇

曉發齊州道中二首後一首五言

東州幾日倦征軒千騎驂驔白草原鴈入寒雲驚曉角雞鳴蒼一作滄海浴朝暾國恩未報身先老客思無憀一作聊歲已闌誰得平時爲郡樂自憐痟渴馬文園

歲晚勞征役一作晚歲倦征軒三齊舊冨閑人行桑下路日上一作出海邊山軒冕非吾志風霜犯客顔惟應思賴夢先過穆陵關

表海亭

望海亭亭古堞間獨憑危檻俯人寰苦寒冰合分一作

雙流水南洋北洋河也一在州中一在城外欲雪雲垂四面山州城四面皆山東西二面山差遠唯此亭高盡見之髀肉已消嗟病骨凍醪猶可慰愁顏潁田二頃春蕪沒安得柴車自駕還

歲晚書事

一麾新命古三齊白首滄洲願已違軒冕從來爲外物山川信美獨思歸長天極目無飛鳥積雪生光射落暉臘候已窮春欲動勸耕猶得覽郊圻

謁廟馬上有感

旌旆曉悠悠行驚歲已遒霜雲依日薄野水帶冰流富庶齊三服山川禹九州自憐思潁意無異旅人愁

毬場看山

爲愛南山紫翠峯，偶來仍值雪初融。自嫌前引朱衣吏，不稱閑行白髮翁。向老光陰雙轉轂，此身天地一飄蓬。何時粗報君恩了，去逐冥冥物外鴻。

殘臘（一作雪）

臘雪初銷（一作融）上古臺，桑郊向日綵旗開。山横南陌城中見，春逐東風海上來。老去每驚新歲换，病多能使壯心摧。自嗟空有東陽瘦，覽物慙無八詠才。

歲暮書事

東州負海圻，風物老依依。歲熟鷄聲樂，天寒鴈過稀。

跨鞍驚髀骨數帶減膂圍却羨常夫子終年獨掩扉

聞沂州盧侍郎致仕有感

少年相與探花開老病惟愁節物催蹉跎歸計荒三徑牢落生涯泥一杯頻上先生招不起沂州太守亦歸來自媿國恩終莫報尚貪榮禄此徘徊

春晴書事

莫笑青州太守頑三齊人物舊安閑晴明風日家家柳高下樓臺處處山嘉客但當傾美酒青春終不换頹顔惟慙未報君恩了昨日盧公衣錦還

遊石子澗 富相公創亭

巀嶭高亭古澗隈偶携嘉客共（一作此）徘徊席間風起聞天籟雨後山光入酒杯（一作朝廷元老今華衮巖壁遺文已緑苔）泉落斷崖春巒響花藏深崦過春開（一作新雨亂泉逢石響過春深谷尚花開）麏麚（一作林間）禽鳥莫驚顧太守不將車騎來

讀易

莫嫌白髮擁朱輪恩許東州養病臣飲酒横琴銷永日焚香讀易過殘春昔賢軒冕如遺屣世路風波偶脱身寄語西家隱君子奈何名姓已驚人

水磨亭子

多病山齋猒鬱蒸經時久不到東城新荷出水雙飛

鷺喬木成陰百囀鸎載酒未妨佳客醉憑高仍見老農耕吏君自有林泉趣不用絲篁亂水聲

寄題相州榮歸堂一本此篇已下條酬答安陽韓侍中五詠

白首三朝社稷臣壺漿夾道擁如雲金貂爭看真丞相竹馬猶迎舊使君豈止軒裳誇故里已將鍾鼎勒元勲不須授簡樽前客好學平津自有文

晝錦堂

昔憩甘棠長舊圍重來城郭歎人非隨車仍是爲霖雨被袞何如衣錦歸公前出自西樞以武康之節鎮相臺今罷鈞軸以司徒侍中再鎮

觀魚軒

當年下澤驅羸馬今見犀兵擁碧油位望愈隆心愈静每来臨水翫游儵

狎鷗亭

險夷一節如金石勲德俱髙映古今豈止忘機鷗鳥信陶鈞萬物本無心

休逸臺

清談終日對清樽不似崇髙富貴身已有山川資勝賞更將風月醉嘉賓

青州書事

年豐千里無夜警吏一作公退一室焚清香青春固非

老者事白日自爲閑人長禄厚豈惟慙飽食俸餘仍足（一作得）買輕裝君恩天地不違物歸去行歌潁水傍

留題南樓二絶（一本前一首題作偶書）

偷得青州一歲閑四時（一作案頭）終日面孱顔須知我是愛山者無一詩中不説山

醉翁到處不曾醒問向青州作麽生公退留賓誇酒美睡餘欹枕看山横

答和王宣徽（一作答王宣徽見贈）

相逢莫恠我皤然出處參差四紀間有道方令萬物遂無能擬乞一身閑花前獨酌鐏前月淮上扁舟枕

上山此樂想公應未暇且持金盞醉紅顏

答和呂侍讀

昔日題輿媿屈賢今來還見擁朱轓笑談二紀思如昨名望三朝老更尊野徑冷香黄菊秀平湖斜照白鷗翻此中自有忘言趣病客猶堪奉一罇

奉答子履學士見寄之作

憶昨初爲亳守行暫休車騎汝陰城喜君再共罇俎樂憐我久懷丘壑情累牘已嘗陳素志新春應許遂歸耕老年雖不堪東作猶得酣歌詠太平

謝景平挽詞

憶見奇童髩兩髦，遽驚名譽衆推高。東山子弟家風在，西漢文章筆力豪。方看凌雲馳騄驥，已嗟埋玉向蓬蒿。追思陽夏曾遊處，撫事傷心涕滿袍。

答資政邵諫議見寄二首

豪横當年氣吐虹，蕭條晚節鬢如蓬。欲知潁水新居士，即是滁山舊醉翁。所樂藩籬追尺一作斥鷃，敢言寥廓逐冥鴻。期公歸輔巖廊上，顧我無忘畎畝中。

欲知歸計久遷延，三十篇詩二十年。受寵不思身報効，乞骸惟冀上哀憐。相如舊苦中痟渴，陶令猶能一醉眠。材薄力殫難勉強，豈同高士愛林泉。

居士集卷第十四

熙寧五年秋七月男發等編定

紹熙二年三月郡人孫謙益校正

寄題沙溪寶積院寶積去沙溪十五里詩刻猶在而諸本皆作寶錫今兩存之

永厚陵挽歌辭前有引狀朝佐 攷公家定本如謝賜飛白詩引狀皆載别卷今編入外集第五卷此不重出惣本惟亭亭作高亭餘並同正文

潁州唱和 東潁一作西潁何爲樂一作多暇還

璽鏁發引挽歌辭 黯羌一作我羌

郡齋書事 秋熟一作秋色

書懷 春鋤一作春鋤

表海亭 亭亭一作高亭

居士集卷第十五　歐陽文忠公集十五

賦五首 雜文五首附

黄楊樹子賦 并序

夷陵山谷間多黄楊樹子，江行過絶險處時時從舟中望見之，鬱鬱山際，有可愛之色。獨念此樹生窮僻，不得依君子封殖，備愛賞，而樵夫野老又一無又字不知甚惜，作小賦以歌之。

若夫漢武之宫，叢生五柞；景陽之井，對植雙桐。高秋羽獵之騎，半夜嚴妝之鍾。鳳蓋朝拂，銀牀暮空。固已葳蕤近日，的皪一作灼爍含風，婆娑萬户之側，生長深宫之中豈知緑鮮青苔蒼崖翠壁枝翁鬱以含霧（一作露）根屈盤而帶石落落非松亭亭似栢上臨千仞之盤薄下有驚湍之濆激澗斷無路林高暝色偏依最險之處獨立無人之跡江已（一作有）轉而猶見峯漸回而稍隔嗟乎日薄雲昏煙霏（一作飛）露滴負勁節以誰賞抱孤心而誰識徒以竇穴風吹陰崖雪積哢山鳥之嘲哳裊驚猿之寂歷無遊女兮長攀有行人兮暫息節既晚而愈茂歲已寒而不易乃知張騫一見須移海上之根陸凱如逢堪寄隴頭之客

鳴蟬賦 并序

嘉祐元年夏大雨水奉詔祈晴于醴泉宮聞鳴蟬有感而賦云

肅祠庭以祗事兮瞻玉宇之峥嵘收視聽以清慮兮齋予心以薦誠因（一作默）以静而求（一作觀）動兮見乎萬物之情於時朝雨驟止微風不興四無雲以青天雷曳曳（一作隱隱）其餘聲乃席芳葯臨華軒古木數株空（一作荒）庭草間爰有一物鳴于樹顛引清風以長嘯抱纖柯而永歎嘒嘒非管泠泠若絃裂方號而復咽凄欲斷而還連吐孤韻以難律含五音之自然吾不知其何物其名曰蟬豈非因物造形能變化者邪出自糞

壞慕清虛者邪淩風高飛知所止者邪嘉木茂樹喜
清陰者邪呼吸風露能尸解者邪綽約雙鬟修嬋娟
者邪其爲聲也不樂不哀非宮非徵胡然而鳴亦胡
然而止吾嘗悲夫萬物莫不好鳴若乃四時代謝百
鳥嚶兮一氣候至百蟲驚兮嬌兒姹女語鸝庚兮鳴
機絡緯響蟋蟀兮轉喉哢舌誠可愛兮引腹動股豈
勉彊而爲之兮至於汚池濁水得雨而聒兮飲泉食
上長（一無長字）夜而歌兮彼蝦蟇固若有欲而蚯蚓又何
求兮其餘大小萬狀不可悉名各有氣類隨其物形
（一有而字）不知自止有若爭能忽時變以物改咸漠然而

無聲嗚呼達士所齊萬物一類人於其間所以爲貴蓋已巧其語言又能傳於文字是以窮彼思慮耗其血氣或吟哦其窮愁或發揚其志意雖共盡於萬物乃長鳴於百世予亦安知其然哉聊爲樂以自喜方將（一作吾方）考得失較同異俄而陰雲復興雷電俱擊大雨既作蟬聲遂息（一本賦後有跋云予因學書起作賦草他兒一視而過獨小子棐守之不去此兒他日必能爲吾此賦也因以予之）

秋聲賦

歐陽子方（一無方字墨蹟止作余無上四字）夜讀書聞有聲自西南來者悚然而聽之曰異哉初淅瀝以蕭颯忽奔騰而

砰湃如波濤夜驚風雨驟〔一作颯驟雨而〕至其觸於〔一無於字〕物也鏦鏦錚錚金鐵皆鳴又如赴敵之兵銜枚疾走不聞號令但聞人馬之行聲〔墨蹟無聲字〕余謂童子此何聲也汝出視之童子曰星月〔一作月星〕皎潔明河在天四無人聲聲在樹間余曰噫嘻悲哉〔一作夫〕此秋聲也胡爲而來哉蓋夫秋之爲狀也其色慘淡煙霏雲歛其容清明天高日晶其氣慄冽砭人肌骨其意蕭條山川寂寥故其爲聲也淒淒切切呼號憤發豐草緑縟而爭茂佳木葱蘢而可悅草拂之而色變木遭之而葉脫其所以摧敗零落者〔墨蹟無者字〕乃其一〔一無一字〕氣之餘

烈夫秋刑官也於時爲陰又兵象也於行用金是謂天地之義氣常以肅殺而爲心（墨蹟有大哉字）天之於物春生秋實故其在樂也商聲主西方之音夷則爲七月之律商傷也物既老而悲傷夷戮也物過盛而當殺嗟乎草木（一有之字）無情有時（一有而字）飄零人爲動物惟物之靈（一作人惟動物爲物之靈）百憂感其心萬事勞其形有動于中必搖其精而況思其力之所不（一有能字）及憂其智之所不能（一有行字）宜其渥然丹者爲槁木黟（一本作黟墨蹟同）然黑者爲星星奈何以（一無以字）非金石之質（一有而字）欲與草木而爭榮念誰爲之戕賊亦何恨乎秋聲童子莫對

垂頭而睡但聞四壁蟲聲唧唧如（一作似）助余之歎息

病暑賦 和劉原父作

吾將東走乎泰山兮履崔嵬之高峯蔭白雲之摇曳兮聽石溜之玲瓏松林（一作竹）仰不見白日陰壑慘慘多悲風邈哉不可以坐致兮安得仙人之術解化如飛蓬吾將西登乎崑崙兮出於九州之外覽星辰之浮没視日月之隱蔽披閶闔之清風飲黄流（一作河）之巨派羽翰不可以插余之兩腋兮畏舉身而下墜既欲泛乎南溟兮瘴毒流膏而鑠骨何異避喧之（一作而）趨市兮又如惡影之就日又欲臨乎北荒兮飛雪層

冰之所聚鬼方窮髮一作徼無人迹兮乃龍蛇之雜處四方上下皆不得以往兮顧此大熱吾不知夫所逃萬物並生於天地豈余身之獨遭任寒暑之自然兮成歲功而不勞惟衰病之不堪兮譬燎枯而灼焦矧空廬之湫卑兮甚鼁蝸之跼縮飛蚊幸余之露坐兮壁蝎伺余之入屋一作蠅蚊幸余之虛坐兮壁蝎伺余於壁屋賴有客之哀余兮贈端石與蘄竹得飽食以安一作與晝寢兮瑩枕冰而簟玉知其無可奈何而安之兮乃聖賢之高躅惟冥心以息慮兮庶可忘於煩酷

憎蒼蠅賦

蒼蠅蒼蠅吾嗟爾之爲生既無蜂蠆之毒尾又無蚊蚉之利觜幸不爲人之畏胡不爲人之喜爾形至眇爾欲易盈杯盂殘瀝砧几餘腥所希杪忽過則難勝若何求而不足乃終日而營營逐氣尋香無處不到頃刻而集誰相告報其在物也雖微其爲害也至要若乃華榱廣厦珍簟方牀炎風之燠夏日之長神昏氣蹷流汗成漿委四支而莫舉眊兩目其茫洋惟高枕之一覺冀煩歊之暫忘念於爾而何負乃於吾而見殃尋頭撲面入袖穿裳或集眉端或沿眼眶目欲瞑而復警臂已痺而猶攘於此之時孔子何由見周

公於髣髴莊生安得與蝴蝶而飛揚徒使蒼頭丫髻巨扇揮颺咸頭垂而腕脫每立寐而顛僵此其爲害者一也又如峻宇高堂嘉賓上客沽酒市脯鋪筵設席聊娛一日之餘閑奈爾衆多之莫敵或集器皿或屯几格或醉醇酎因之沒溺或投熱羹遂喪其魄諒雖死而不悔亦可戒夫貪得尤忌赤頭號爲景迹一有霑汙人皆不食奈何引類呼朋搖頭鼓翼聚散倏忽往來絡繹方其賓主獻酬衣冠儼飾使吾揮手頓足改容失色於此之時王衍何暇於清談賈誼堪爲之太息此其爲害者二也又如醯醢之品醬臡之制

及時月而收藏謹餅甖之固濟乃衆力以攻鑚極百端而窺覰至於大胾肥牲嘉肴美味蓋藏稍露於罅隙守者或時而假寐纔稍怠於防嚴已輒遺其種類莫不養息蕃滋淋漓敗壞使親朋卒至索爾以無歡臧獲懷憂因之而得罪此其爲害者三也是皆大者餘悉難名嗚呼止棘之詩垂之六經於此見詩人之博物比興之爲精宜乎以爾刺讒人之亂國誠可嫉而可憎

雜文五首

醉翁吟并序一作醉翁述

余作醉翁亭于滁州一作余於滁作醉翁亭有太常博士沈遵一有者字好奇之士也聞而一止作嘗往遊焉愛其山水歸而以琴寫之作醉翁吟三疊去年秋一無秋字余奉使契丹沈君一作子會余一作于一有於字恩冀之間夜闌酒半一無此四字援琴而作之有其聲而無其辭乃爲之辭以贈一作遺之其辭曰

始翁之來一作翁之來兮獸見而深伏鳥見而高飛翁醒而往兮醉而歸朝醒暮醉兮無有四時鳥鳴樂其林獸出遊其蹊咿嚶啁嘈於翁前兮醉一有而字不知有心不能以無情兮有合必有離水潺潺兮翁忽去而不顧

山岑岑兮翁復來而幾時風嫋嫋兮山木落春年年兮山草菲嗟我無德於其人兮有情於山禽與野麋賢哉沇子兮能寫我心而慰彼相思

山中之樂并序一本題下云三章送慧勤上人

佛者慧勤餘杭人也少去父母長無妻子以衣食于佛之徒往來京師二十年其人聰明材智亦嘗學問于賢士大夫今其南歸遂將窮極吳越甌閩江湖海上之諸山以肆其所適予嘉其嘗有聞於吾人也於其行也一本無四字爲作山中之樂三章一本有以送之既極道山林間事以動蕩其心意而卒反之於正其辭曰

江上山兮海上峯，謫青蒼兮杳巑叢霞飛霧散兮邈乎青空天鑱鬼削兮壁立於鴻蒙崖懸磴絶兮險且窮穿雲渡水兮一無兮字忽得路而不知其深之幾重中有平田廣谷兮與世隔絶猶有太古之遺風泉甘土肥兮鳥獸雝雝其人麋鹿兮既壽而豐不知人間之幾時兮但見草木華落爲春冬嗟世之人兮曷不歸來乎山中山中之樂不可見今子其往兮誰逢其一

丹甃翠蔓兮巖壑玲瓏水聲聒聒兮花氣濛濛石巉巉兮横一作當路風颯颯兮吹松雲冥冥兮雨霏霏白猿夜嘯兮青楓朝日出兮林間澗谷紛以青紅千林靜

兮秋月百草香兮春風嗟世之人兮曷不歸來乎山中山中之樂不可得今子其往兮誰從其二梯崖構險兮佛廟仙宮耀空山兮鬱穹隆彼之人兮固一無固字亦目明而耳聰寵辱不干其慮兮仁義不被其躬蔭長一作喬松之翁蔚兮藉纖草之丰茸苟其中以自足兮忘其服胡而顛童自古智能魁傑之士兮固亦絶世而逃蹤惜天材之甚良兮而一無而字自棄於無庸嗟彼之人兮胡爲老乎山中山中之樂不可久遲子之返兮誰同其三

雜説三首一有并序二字

夏六月暑雨既止歐陽子坐於樹間仰視天與月星（一作日月星辰）行度見星有殞者夜既久露下聞草間蚯蚓之聲益急其感于耳目者有動乎其中作雜說

蚓食土而飲泉其爲生也簡而易足然仰其穴而鳴若號若呼若嘯若歌（一作若歌若嘯）其亦有所求邪抑其求易足而自鳴其樂邪苦（一作抑歎）其生之陋而自悲其不幸邪將自喜其聲而鳴其類邪豈其時至氣作不自知其所以然而不能自止者邪何其聒然而不止也吾於是乎有感（一本此屬次篇）

星殞于地腥礦頑醜化爲惡石其昭然在上而萬物

仰之者精氣之聚爾及其斃也瓦礫之不若也人之死骨肉臭腐螻蟻之食爾其貴乎萬物者亦精氣也其精氣不奪于物則蘊而爲思慮發而爲事業著而爲文章昭乎百世之上而仰乎百世之下非如星之精氣隨其斃而滅也可不貴哉而生也利慾以昏耗之死也臭腐而棄之而一無而字惑者方曰足乎利慾所一無所字以厚吾身吾於是乎有感

天西行日月五星皆東行日一歲而一周月疾於日一本無三字一月而一周天又疾於月一日而一周星有遲有速有逆有順是四者各自行而若不相爲謀其

動而不勞運而不已自古以來未嘗一刻息也是何爲哉夫四者所以相須而成晝夜四時寒暑者也一刻而息則四時不得其平萬物不得其生蓋其所任者重矣人之有君子也其任亦重矣萬世之所治萬物之所利故曰自彊不息又曰死而後已者其知所任矣然則君子之學也其可一日而息乎吾於是乎有感一本此爲首篇

居士集卷第十五

熙寧五年秋七月男發等編定

紹熙二年三月郡人孫謙益校正

黄楊樹子賦 多黄楊樹子（一無子字）濆激（濆當作噴）

鳴蟬賦 崢嶸（石本嶸作竑）

病暑賦 又如（一作又同）空盧（一作宊盧）

憎蒼蠅賦 丫髻（一作丫髮）

醉翁吟序 作醉翁吟（作一作爲）

雜説第三 任矣（此下一有乎字）學也（此上一有於字）

居士集卷第十六　歐陽文忠公集十六

論三首（或問一首附）

正統論三首

序論

臣脩頓首死罪言伏見太宗皇帝時嘗命薛居正等撰梁唐（一作後唐）晉漢周事爲五代史凡一百五十篇又命李昉等編次前世年號爲一篇（一作卷）藏之秘府而昉等以梁爲僞梁爲（一無此字）僞則史不宜爲帝紀（一本有而後唐之事當續劉昫唐史爲一書或比二漢離爲前後二十二字一前一作先）而（一作則）亦無曰五代者於理不安今又（一作又今）司天所用崇天曆承

後唐書天祐至十九年而盡黜梁所建號援之於古惟張軌不用東晉太興而虛稱建興非可以爲後世法蓋後唐務惡梁（一有甚字）而欲黜之歷家不識古義但用有司之傳遂不復改至於昉等初非著書第採次前世名號以備有司之求因舊之失不專是正乃與史官戾不相合皆非是臣愚因以謂正統王者所以一民而臨天下三代用正朔後世有建元之名然自漢以來學者多言三代正朔（一作改正朔之事）而怪仲尼嘗修尚書春秋與其學徒論述堯舜三代間事甚詳而於正朔尤大事乃獨無明言頗疑三代無有其事及

於春秋得十月隕霜殺菽二月無冰推其時氣乃知周以建子爲正（一有月字）則三代固嘗改正朔而仲尼曰行夏之時又知聖人雖不明道正朔之事其意蓋非商周之爲云其興也新民耳目不務純以德而更易虛名至使四時與天不合不若夏時之正也及秦又以十月爲正漢始稍分後元中元至于建元遂名年以爲號由是而後（一無此四字而有太初之元年復用夏正其後遂不復改十五字）直以建元之號加於天下而已所以同萬國而一民也而後世推次以爲王者相繼之統若夫上不戾於天下可加於人則名年建元便於三代之改歲然而

後世僭亂假竊者多則名號紛雜不知所從於是正閏眞僞之論作而是非多失其中焉然堯舜三代之一天下也不待論說而明自秦昭襄訖周顯德千有餘年治亂之迹不可不辨而前世論者靡有定說伏惟大宋之興統一天下與堯舜三代無異臣故曰不待論說而明謹採秦以來訖于顯德終始興廢之迹作正統論臣愚不足以知願下學者考定其是非而折中焉

正統論上

傳曰君子大居正又曰王者大一統正者所以正天

下之不正也統者所以合天下之不一也由不正與不一然後正統之論作堯舜之相傳三代之相代或以至公或以大義皆得天下之正合天下於一是以君子不論也其帝王之理得而始終之分明故也及後世之亂僭僞興而盜竊作由是有居其正而不能合天下於一者周平王之有吳徐是也有合天下於一而不得居其正者前世謂秦爲閏是也由是正統之論興焉自漢而下至于西晉又推而下之爲宋齊梁陳自唐而上至於後魏又推而上之則爲夷狄其帝王之理舛而始終之際不明由是學者疑焉而是

非又多不公自周之亡迄于顯德實千有二百一十六年之間或理或亂或取或傳或分或合其理不能一槩大抵其可疑之際有三周秦之際也東晉後魏之際也五代之際也秦親得周而一天下其迹無異禹湯而論者黜之其可疑者一也以東晉承西晉則無終以隋承後魏則無始其可疑者二也五代之所以得國者雖異然同歸於賊亂也而前世議者獨以梁爲僞其可疑者三也夫論者何爲疑者設也堯舜三代之始終較然著乎萬世而不疑固不待論而明也後世之有天下者帝王之理或舛而始終之際不

明則不可以不疑故曰由不正與不一然後正統之論作也然而論者衆矣其是非予奪所持者各異使後世莫知夫所從者何哉蓋於其（一作其於）可疑之際又挾自私之心而溺（一作入）於非聖之學也自西晉之滅而南爲東晉宋齊梁陳北爲後魏北齊後周隋私東晉者曰隋得陳然後天下一則推其統曰晉宋齊梁陳隋私後魏者曰統必有所受（一作授下同）則推其統曰唐受之隋隋受之後周後周受之後魏至其甚相戾也則爲南史者詆北曰虜爲北史者詆南曰夷此自私之偏說也自古王者之興必有盛德以受天命或

其功澤被于生民或累世積漸而成王業豈偏名於一德哉至於湯武之起所以捄弊拯民蓋有不得已者而曰五行之運有休王一以彼衰一以此勝此曆官術家之事而謂帝王之興必乘五運者繆妄之說也不知其出於何人蓋自孔子殁周益衰亂先王之道不明而人人異學肆其怪奇放蕩之說後之學者不能卓然奮力而誅絕之反從而附益其說以相結固故自秦推五勝以水德自名由漢以來有國者未始不由於此說此所謂溺於非聖之學也惟天下之至公大義可以祛人之疑而使人不得遂其私夫心

無所私疑得其決則是非之異論息而正統明所謂非聖人之説者可置而勿論也

正統論下

凡爲正統之論者皆欲相承而不絶至其斷而不屬則猥以假人而續之是以其論曲而不通也夫居天下之正合天下於一斯正統矣堯舜夏商周秦漢唐是也始雖不得其正卒能合天下於一夫一天下而居上則是天下之君矣斯謂之正統可矣晉隋是也天下大亂其上無君僭竊並興正統無屬當是之時奮然而起並爭乎天下有功者彊有德者王威澤皆

被于生民號令皆加乎當世幸而以大并小以彊兼弱遂合天下於一則大且彊者謂之正統猶有說焉不幸而兩立不能相并兼一作考其迹則皆正較其義則均焉則正統者將安予奪乎東晉後魏是也其或終始不得其正又不能合天下於一則可謂之正統乎魏及五代是也然則有不幸而丁其時則正統有時而絶也故正統之序上自堯舜歷夏商周秦漢而絶晉得之而又絶隋唐得之而又絶自堯舜以來三絶而復續惟有絶而有續然後是非公予奪當而正統明然諸儒之論至於秦及東晉後魏五代之際其

説多不同其惡秦而黜之以爲閏者誰乎是漢人之私論溺於非聖曲學之説者也其説有三不過曰滅棄禮樂用法嚴苛與其興也不當五德之運而已五德之説可置而勿論其二者特始皇帝之事爾然未原秦之本末也昔者堯傳於舜舜傳於禹夏之衰也湯代之王商之衰也周代之王周之衰也秦代之王其興也或以德或以功大抵皆乘其弊而代之初夏世衰而桀爲昏暴湯救其亂而起稍治諸侯而誅之其書曰湯征自葛是也其後卒以攻桀而滅夏及商世衰而紂爲昏暴周之文武救其亂而起亦治諸侯

而誅之其詩所謂崇密是也其後卒攻紂而滅商推秦之興其功德固有優劣而其迹豈有異乎秦之紀曰其先大業出於顓頊之苗裔至孫伯翳佐禹治水有功唐虞之間賜姓嬴氏及非子爲周養馬有功秦仲始爲命大夫而襄公與立平王遂受岐豐之賜當是之時周衰固已久矣亂始於穆王而繼以厲幽之禍平王東遷遂同列國而齊晉大侯魯衛同姓擅相攻伐共起而弱周非獨秦之暴也秦於是時既平犬夷因取周所賜岐豐之地而繆公以來始東侵晉地至于河盡滅諸戎拓國千里其後關東諸侯強僭者

日益多周之國地日益蹙至無復天子之制特其號在爾秦昭襄王五十二年周之君臣稽首自歸於秦至其後世遂滅諸侯而一天下此其本末之迹也其德雖不足而其功力尚不優於魏晉乎始秦之興務以力勝至於始皇遂悖棄先王之典禮又自推水德益任法而少恩其制度文爲（一作云爲一作文章）皆非古而自是此其所以見黜也夫始皇之不德不過如桀紂桀紂不廢夏商之統則始皇未可廢秦也其私東晉之論者曰周遷而東天下遂不能一然仲尼作春秋區區於尊周而黜吳楚者豈非以其正統之所在乎晉

遷而東與周無異而今黜之何哉曰是有說焉較其德與迹而然耳周之始興其來也遠當其盛也規方天下爲大小之國衆建諸侯以維王室定其名分使傳子孫而守之以爲萬世之計及厲王之亂周室無君者十四年而天下諸侯不敢僥倖而窺周於此然後見周德之深而文武周公之作眞聖人之業也況平王之遷國地雖蹙然周德之在人者未猒而法制之臨人者未移平王以子繼父自西而東不出王畿之内（一本注西周之地八百里東周六百里以井田之法計之通爲千里之方）則正統之在周也推其德與迹可以不疑夫晉之爲晉與平周

之為周也興矣其德法之維天下者非有萬世之計聖人之業也直以其受魏之禪而合天下於一推較其迹可以曰正而統耳自惠帝之亂（一有晉政已亡四字）至于愍懷之間晉如綫爾惟嗣君繼世推其迹曰正焉可也建興之亡晉於是而絶矣夫周之東也以周而東晉之南也豈復以晉而南乎自愍帝死賊庭瑯邪起江表位非嗣君正非繼世徒以晉之臣子有不忘晉之心發於忠義而功不就可為傷已若因而遂竊正統之號其可得乎春秋之説君弑而賊不討則以為無臣子也使晉之臣子遭乎聖人適當春秋之誅況

欲干天下之統哉若乃國已滅矣以宗室子自立於一方卒不能復天下於一則晉之琅邪與夫後漢之劉備五代漢之劉崇何異備與崇未嘗爲正統則東晉可知焉耳其私後魏之論者曰魏之興也其來甚遠自昭成建國改元承天下衰弊得奮其力並爭乎中國七世至于孝文而去夷即華易姓建都遂定天下之亂然後修禮樂興制度而文之考其漸積之基其道德雖不及於三代而其爲功何異王者之興今特以其不能并晉宋之一方以小不備而黜其大功不得承百王之統者何哉曰質諸聖人而不疑也今

爲魏說者不過曰（於一作）功多而國彊耳此聖人有所不與也春秋之時齊桓晉文可謂有功矣吳楚之僭迭彊於諸侯矣聖人於春秋所尊者周也然則功與彊聖人有所不取也論者又曰秦起夷狄以能滅周而一天下遂進之魏亦夷狄以不能滅（并一作）晉宋而見黜是則因其成敗而毀譽之豈至公之篤論乎曰是不然也各於其黨而已周秦之所以興者其說固已詳之矣當魏之興也劉淵以匈奴慕容以鮮卑苻生以氐弋仲以羌赫連禿髮石勒季龍之徒皆四夷之雄者也其力不足者弱有餘者彊其最彊者苻堅

當堅之時自晉而外天下莫不爲秦休兵革興學校庶幾刑政之方不幸未幾而敗亂其又彊者曰魏自江而北天下皆爲魏矣幸而傳數世而後亂以是而言魏者纔優於苻堅而已豈能干正統乎五代之得國者皆賊亂之君也而獨僞梁而黜之者因惡梁者之私論也唐自僖昭以來不能制命於四海而方鎮之兵作已而小者并於大弱者服於彊其尤彊者朱氏以梁李氏以晉共起而窺唐而梁先得之李氏因之借名討賊以與梁爭中國而卒得之其勢不得不以梁爲僞也而繼其後者遂因之使梁獨被此名也

夫梁固不得爲正統而唐晉漢周何以得之今皆黜之而論者猶以漢爲疑以謂契丹滅晉天下無君而漢起太原徐驅而入汴與梁唐晉周其迹異矣而今乃一槩可乎曰較其心迹小異而大同爾且劉知遠晉之大臣也方晉有契丹之亂也竭其力以救難力所不勝而不能存晉出於無可柰何則可以少異乎四國矣漢獨不然自契丹與晉戰者三年矣漢獨高拱而視之如齊人之視越人也卒幸其敗亡而取之及契丹之北也以中國委之許王從益而去從益之勢雖不能存晉然使忠於晉者得而奉之可以冀於

有爲也漢乃殺之而後入以是而較其心迹其異於四國者幾何列皆未嘗合天下於一也其於正統絕之何疑

或問

或問子於史記本紀則不僞梁而進之於論正統則黜梁而絕之君子之信乎後世者固當如此乎曰孔子固嘗如此也平桓莊之王於春秋則尊之書曰天王於詩則抑之下同於列國孔子之於此三王者非固尊於彼而抑於此也其理當然也梁賊亂之君也欲干天下之正統其爲不可雖不論而可知然謂之

僞則甚矣彼有梁之土地臣梁之吏民立梁之宗廟社稷而能殺生賞罰以制命於梁人則是梁之君矣安得曰僞哉故於正統則宜絶於其國則不得爲僞者理當然也豈獨梁哉魏及東晉後魏皆然也堯舜桀紂皆君也善惡不同而已凡梁之惡余於史記不没其實者論之詳矣或者又曰正統之説不見於六經不道於聖人而子論之何也曰孔孟之時未嘗有其説則宜其不道也後世不勝其説矣其是非予奪人人自異而使學者惑焉莫知夫所從又有偏王一德之説而益之五勝之術皆非聖之曲學也自秦漢

以來習傳久矣，使孔孟不復出則已，其出而見之，其不爲之一辨而止其紛紛乎？此余之不得已也。嗚呼！堯舜之德至矣，夏商周之起皆以天下之至公大義，自秦以後德不足矣，故考其終始有是有非而參差不齊，此論之所以作也。德不足矣，必據其迹而論之，所以息爭也。或者又曰：論必據迹，則東周之時吳徐楚皆王矣，是正而不統也，子獨不論，何也？曰：東周正統，以其不待較而易知，是以不論也。若東晉後魏則兩相敵而予奪難，故不可以不論。吳徐楚非周之敵，雖童子之學猶知予周也，何必論哉！

居士集卷第十六

熙寧五年秋七月男發等編定

紹熙二年三月郡人孫謙益校正

朝佐

正統論

原正統論　明正統論　秦論　魏論　東晉論　後魏論　梁論凡七篇又有正統後論二篇或問一篇魏梁解一篇正統辨二篇當編定居士集時刪原正統等論爲上下篇而繼以或問魏梁解魏梁解在第十七卷

中餘篇錐削去而傳於世今附外集

正統序論 以謂正統 慶曆文粹統字下有者字

正統論下 秦起夷狄 夷一作戎 符生 皆當作苻姓也

或問益之 此下一有以字

居士集卷第十七　　歐陽文忠公集十七

論六首

本論上

佛法爲中國患千餘歲，世之卓然不惑而有力者莫不欲去之。已嘗去矣，而復大集；攻之暫破而愈堅，撲之未滅而愈熾，遂至於無可奈何。是果不可去邪？蓋亦未知其方也。夫醫者之於疾也，必推其病之所自來而治其受病之處。病之中人，乘乎氣虚而入焉，則善醫者不攻其疾，而務養其氣，氣實則病去，此自然之効也。故救天下之患者，亦必推其患之所自來而治其受患之處佛爲夷狄去中國最遠而有佛固已久矣堯舜三代之際王政修明禮義之教充於天下於此之時雖有佛無由而入及三代衰王政闕禮義廢後二百餘年而佛至乎中國由是言之佛所以爲吾患者乘其闕廢之時而來此其受患之本也補其闕修其廢使王政明而禮義充則雖有佛無所施於吾民矣此亦自然之埶也昔堯舜三代之爲政設爲井田之法籍天下之人計其口而皆授之田凡人之力能勝耕者莫不有田而耕之斂以什一差其征賦以督其不勤使天下之人力皆盡於南畝而不暇乎

其他然又懼其勞且怠而入於邪僻也於是爲制牲牢酒醴以養其體弦（一作笙）匏俎豆以悅其耳目於其不耕休力之時而教之以禮故因其田獵而爲蒐狩之禮因其嫁娶而爲婚姻之禮因其死葬而爲喪祭之禮因其飲食羣聚而爲鄉射之禮非徒以防其亂又因而教之使知尊卑長幼凡人之大倫（一有者字）也故凡養生送死之道皆因其欲而爲之制飾之物采而文焉所以悅之使其易趣也順其情性而節焉所以防之使其不過也然猶懼其未也又爲立學以講明之故上自天子之郊下至鄉黨莫不有學擇民之聰

明者而習焉使相告語而誘勸其愚惰嗚呼何其備也蓋（一有堯舜二字）三代之爲政如此其慮民之意甚精治民之具甚備防民之術甚周誘民之道甚篤行之以勤而被於物者洽浸之以漸而入於人者深故民之生也不用力乎南畝則從事於禮樂之際不在其家則在乎庠序之間耳聞目見無非仁義（一有禮字）樂而趣之不知其倦終身不見異物又奚暇夫外慕哉故曰雖有佛無由而入者謂有此具也及周之衰秦并天下盡去三代之法而王道中絶後之有天下者不能勉彊其爲治之具不備防民之漸不周佛於此時乘

間而出于有餘歲之間佛之來者日益衆吾之所爲者日益壞井田最先廢而兼并游惰之姦起其後所謂蒐狩婚姻喪祭鄉射之禮凡所以教民之具相次而盡廢然後民之姦者有暇而爲佗其良者泯然不見禮義之及已夫姦民有餘力則思爲邪僻良民不見禮義則莫知所趣佛於此時乘其隙（一無此六字）方鼓其雄誕之說而牽（一作率）之則民不得不從而歸矣又況王公大人往往倡而敺之曰佛是眞可歸依者然則吾民何疑而不歸焉幸而有一不惑者方艴然而怒曰佛何爲者吾將操戈而逐之又曰吾將有說以

排之[一有何其不思之甚也七字]夫千歲之患徧於天下豈一人一日之可爲民之沈酣入於骨髓非口舌之可勝然則將柰何曰莫若修其本以勝之昔戰國之時楊墨交亂孟子患之而專言仁義故仁義之說勝則楊墨之學廢漢之時百家並興董生患之而退修孔氏故孔氏之道明而百家[一有自字]息此所謂修其本以勝之之効也今八尺之夫被甲荷戟勇蓋三軍然而見佛則拜聞佛之說則有畏慕之誠者何也彼誠壯佼其中心茫然無所守而然也一介之士眇然柔懦進趨畏怯然而聞有道佛者[一無此字]則義形於色非徒不爲

之屈又欲驅而絶之者何也彼無佗焉學問明而禮義熟中心有所守以勝之也然則禮義者勝佛之本也今一介之士知禮義者尚能不爲之屈使天下皆知禮義則勝之矣此自然之勢也

本論下

昔荀卿子之説以爲人性本惡著書一篇以持其論予始愛之及見世人之歸佛者然後知荀卿之説繆焉甚矣人之性善也彼爲佛者棄其父子絶其夫婦於人之性甚戾又有蠶食蟲蠹之弊然而民皆相率而歸焉者以佛有爲善之説故也嗚呼誠使吾民曉

然知禮義之爲善則安知不相率而從哉柰何教之諭之之不至也佛之説孰於人耳入乎其心久矣至於禮義之事則未嘗見聞今將號於衆曰禁汝之佛而爲吾禮義則民將駭而走矣莫若爲之以漸使其不知而趣焉可也蓋鯀之治水也鄣之故其害益暴及禹之治水也導之則其患息蓋患深勢盛則難與敵莫若馴致而去一有其害二字之易也今堯舜三代之政其説尚傳其具皆在誠能講而修之行之以勤而浸之以漸使民皆樂而趣焉則充行乎天下而佛無所施矣傳曰物莫能兩大自然之勢也奚必曰火其書

而廬其居哉昔者戎狄蠻夷雜居九州之間所謂徐戎白狄荆蠻淮夷之類是也三代既衰若此之類並侵於中國故秦以西戎據宗周吳楚之國一作君皆僭稱王春秋書用鄫子傳記被髮於伊川而仲尼亦以不左衽爲幸當是之時佛雖不來中國幾何其不夷狄也以是而言王道不明而仁義廢則夷狄之患至矣及孔子作春秋尊中國而賤夷狄然後王道復明方今九州之民莫不右衽而冠帶其爲患者特佛爾其所以勝之之道非有甚高難行之説也患乎忽而不爲爾夫郊天祀地與乎宗廟社稷朝廷之儀皆天

子之大禮也今皆舉而行之至於所謂蒐狩婚姻喪祭鄉射之禮此郡縣有司之事也在乎講明而頒布之爾然非行之以勤浸之以漸則不能入於人而成化自古王者之政必世而後仁今之議者將曰佛來千餘歲有力者尚無可柰何何用此迂緩之說爲是則以一日之功不速就而棄必世之功不爲也可不惜哉昔孔子歎爲俑者不仁蓋歎乎啓其漸而至於用殉也然則爲佛者不猶甚於作俑乎當其始來未見其害引而内之今之爲害著矣非待先覺之明而後見也然而恬然不以爲怪者何哉夫物極則反數

窮則變此理之常也今佛之盛久矣乘其窮極之時可以反而變之不難也昔三代之爲政皆聖人之事業及其久也必有弊故三代之術皆變其質文而相救就使佛爲聖人及其弊也猶將救之況其非聖者乎夫姦邪之士見信於人者彼雖小人必有所長以取信是以古之人君惑之至於亂亡而不悟今佛之法可謂姦且邪矣蓋其爲説亦有可以惑人者使世之君子雖見其弊而不思救豈又善惑者歟抑亦不得其救之之術也救之莫若修其本以勝之捨是而將有爲雖賁育之勇孟軻之辯太公之陰謀吾見其

力未及施言未及出計未及行而先已陷於禍敗矣何則患深埶盛難與敵非馴致而爲之莫能也故曰修其本以勝之作本論

朋黨論 在諫院進一本以論爲議

臣聞朋黨之說自古有之惟幸人君辨其君子小人而已大凡君子與君子以同道爲朋小人與小人以同利爲朋此自然之理也一無此六字然臣謂小人無朋惟君子則有之其故何哉小人所好者祿利也所貪者財貨也當其同利之時暫相黨引以爲朋者僞也及其見利而爭先或利盡而交疏則反相賊害雖其

兄弟一作弟兄親戚不能相保故臣謂小人無朋其暫爲朋者僞也君子則不然所守者道義所行者忠信所惜者名節以之修身則同道而相益以之事國則同心而共濟終始如一此君子之朋也故爲人君者但當退小人之僞朋用君子之眞朋則天下治矣堯之時小人共工讙兜等四人爲一朋君子八元八凱十六人爲一朋舜佐堯退四凶小人之朋而進元凱君子之朋堯之天下大治及舜自爲天子而臯夔稷契等二十二人並列于朝更相稱美更相推讓凡二十二人爲一朋而舜皆用之天下亦大治書曰紂有臣

億萬惟億萬心周有臣三千惟一心紂之時億萬人各異心可謂不爲朋矣然紂以亡國周武王之臣三千人爲一大朋而周用以興後漢獻帝時盡取天下名士囚禁之目爲黨人及黃巾賊起漢室大亂後方悔悟盡解黨人而釋之然已無救矣唐之晚年漸起朋黨之論及昭宗時盡殺朝之名士或（一作咸）投之黃河曰此輩清流可投濁流而唐遂亡矣夫前世之主能使人人異心不爲朋莫如紂能禁絶善人爲朋莫如漢獻帝能誅戮清流之朋莫如唐昭宗之世然皆（一有以字）亂亡其國更相稱美推讓而不自疑莫如舜之

二十二臣舜亦不疑而皆用之然而後世不誚舜爲二十二人朋黨所欺而稱舜爲聰明之聖者以辨君子與小人也周武之世舉其國之臣三千人共爲一朋自古爲朋之多且大莫如周然周用此以興者善人雖多而不猒也夫興亡治亂之迹爲人君者可以鑒矣一有作朋黨議四字

魏梁解一作論

予論正統辨魏梁一作不黜魏而辨梁注曹魏朱梁不爲僞議者或非予一作其大失春秋之旨以謂魏梁皆負篡弒之惡當加誅絕而反進之是獎篡也非春秋之志也予應

之曰是春秋之志耳魯桓公弑隱公而自立者宣公弑子赤而自立者鄭厲公逐世子忽而自立者衛公孫剽逐其君衎而自立者聖人於春秋皆不絶其爲君此予所以不黜魏梁者用春秋之法也魏梁之惡三尺童子皆知可惡予不得聖人之法爲據依其敢進而不疑乎然則春秋亦奬簒乎曰惟不絶四者之爲君於此見春秋之意也聖人之於春秋用意深故能勸戒切爲言信然後善惡明夫欲著其罪於後世在乎不没其實其實嘗爲君矣書其爲君其實簒也書其簒各傳其實而使後世信之則四君之罪不可

得而揜耳使爲君者不得揜其惡則人之爲惡者庶乎其息矣是謂用意深而勸戒切爲言信而善惡明也凡惡之爲名非徒君子嫉之雖爲小人者亦知其可惡也而小人常至於爲惡者蓋以人爲可欺與夫幸人不知而可揜耳夫位莫貴乎國君而不能逃大惡之名所以示人不可欺而惡不可揜也就使四君因聖人誅絶而其惡彰焉則後世之爲惡者將曰彼不幸遭逢聖人黜絶而一作之不得爲君遂彰其惡耳我無孔子世莫我黜則冀人爲可欺而惡可揜也如此則僥倖之心啓矣惟與其爲君使不得揜其惡者

春秋之深意也桀紂不待貶其爲王而萬世所共惡者也今匹夫之士比之顔閔則喜方之桀紂則怒是大惡之君不及一善之士也春秋之於大惡之君不誅絶之者不害其褒善貶惡之旨也惟不没其實以著其罪而信乎後世與其爲君而不得揜其惡以息人之爲惡能知春秋之此旨然後知予不黜魏梁之是也

爲君難論上

語曰爲君難者孰難哉蓋莫難於用人夫用人之術任之必專信之必篤然後能盡其材而可共成事及

其失也任之欲專則不復謀於人而拒絶羣議是欲盡一人之用而先失衆人之心也信之欲篤則一切不疑而果於必行是不審事之可否不計功之成敗也夫違衆舉事又不審計而輕發其百舉百失而及於禍敗此理之宜然也然亦有幸而成功者人情成是而敗非則又從而贊之以其違衆爲獨見之明以其拒諫爲不惑羣論以其偏信而輕發爲決於能斷使後世人君慕此三者以自期至其信用一失而及於禍敗則雖悔而不可及此甚可歎也前世爲人君者力拒羣議專信一人而不能早悟以及於禍敗者

多矣不可以徧舉請試舉其一二昔秦苻堅地大兵彊有衆九十六萬號稱百萬蔑視東晉指爲一隅謂可直以氣吞之耳然而舉國之人皆言晉不可伐更進互説者不可勝數其所陳天時人事堅隨以强辯折之忠言讜論皆沮屈而去如王猛苻融老成之言也不聽太子宏少子詵至親之言也不聽沙門道安堅平生所信重者也數爲之言不聽惟聽信一將軍慕容垂者垂之言曰陛下内斷神謀足矣不煩廣訪朝臣以亂聖慮堅大喜曰與吾共定天下者惟卿爾於是決意不疑遂大舉南伐兵至壽春晉以數千人

擊之大敗而歸比至洛陽九十六萬兵亡其八十六萬堅自此兵威沮喪不復能振遂至於亂亡近三代時後唐清泰帝患晉祖之鎮太原也地近契丹恃兵跋扈議欲徙之於鄆州舉朝之士皆諫以爲未可帝意必欲徙之夜召常所與謀樞密直學士薛文遇問之以決可否文遇對曰臣聞作舍道邊三年不成此事斷在陛下何必更問羣臣帝大喜曰術者言我今年當得一賢佐助我中興卿其是乎即時命學士草制徙晉祖於鄆州明旦宣麻在廷之臣皆失色後六日而晉祖反書至清泰帝憂懼不知所爲謂李崧曰

我適見薛文遇爲之肉顫欲自抽刀刺之繇對曰事已至此悔無及矣但君臣相顧涕泣而已由是言之能力拒羣議專信一人莫如二君之果也由之以致禍敗亂亡亦莫如二君之酷也方苻堅欲與慕容垂共定天下清泰帝以薛文遇爲賢佐助我中興可謂臨亂之君各賢其臣者也或有詰予曰然則用人者不可專信乎應之曰齊桓公之用管仲蜀先主之用諸葛亮可謂專而信矣不聞舉齊蜀之臣民非之也蓋其令出而舉國之臣民從事行而舉國之臣民便故桓公先主得以專任而不貳也使令出而兩國之

人不從事行而兩國之人不便則彼二君者其肯專任而信之以失衆心而斂國怨乎

爲君難論下

嗚呼用人之難難矣未若聽言之難也夫人之言非一端也巧辯縱横而可喜忠言質樸而多訥此非聽言之難在聽者之明暗也諛言順意而易悦直言逆耳而觸怒此非聽言之難在聽者之賢愚也是皆未足爲難也若聽其言則可用然用之有輒敗人之事者聽其言若不可用然非如其言不能以成功者此然後爲聽言之難也請試舉其一二戰國時趙將有

趙括者善言兵自謂天下莫能當其父奢趙之名將老於用兵者也每與括言亦不能屈然奢終不以括爲能也歎曰趙若以括爲將必敗趙事其後奢死趙遂以括爲將其母自見趙王亦言括不可用趙王不聽使括將而攻秦括爲秦軍射死趙兵大敗降秦者四十萬人阬於長平蓋當時未有如括善言兵亦未有如括大敗者也此聽其言可用用之輒敗人事者趙括是也秦始皇欲伐荆問其將李信用兵幾何信方年少而勇對曰不過二十萬足矣始皇大喜又以問老將王翦翦曰非六十萬不可始皇不悅曰將軍

老矣何其怯也因以信爲可用即與兵二十萬使伐荆王翦遂謝病退老於頻陽已而信大爲荆人所敗亡七都尉而還始皇大慙自駕如頻陽謝翦因强起之翦曰必欲用臣非六十萬不可於是卒與六十萬而往遂以滅荆夫初聽其言若不可用然非如其言不能以成功者王翦是也且聽計於人者宜如何聽其言若可用用之宜矣輒敗事聽其言若不可用捨之宜矣然必如其説則成功此所以爲難也予又以謂秦趙二主非徒失於聽言亦由樂用新進忽棄老成此其所以敗也大抵新進之士喜勇鋭老成之人

多持重此所以人主之好立功名者聽勇銳之語則易合聞持重之言則難入也若趙括者則又有說焉予略考史記所書是時趙方遣廉頗攻秦頗趙名將也秦人畏頗而知括虛言易與也因行反間於趙曰秦人所畏者趙括也若趙以爲將則秦懼矣趙王不悟反間也遂用括爲將以代頗藺相如力諫以爲不可趙王不聽遂至於敗由是言之括虛談無實而不可用其父知之其母亦知之趙之諸臣藺相如等亦知之外至敵國亦知之獨其主不悟爾夫用人之失天下之人皆知其不可而獨其主不知者莫大之患

也前世之禍亂敗亡由此若不可勝數也

居士集卷第十七

熙寧五年秋七月男發等編定

紹熙二年三月郡人孫謙益校正

朝佐攷本論初有上中下篇此卷所載即中下二篇其上篇編居士集時雖削去而傳於世今附外

集

本論上 王政闕（闕一作缺下同）者洽（一作者廣）耳聞目見無非仁義禮樂而趣之不知其倦（一無此十七字）其爲（一作而爲）莫知所趣（趣一作趨）操戈而逐之（而一作以）

本論下 蓋歎（一作蓋傷）亦有可以感人者（一作亦有所長而可以感人者）

明黨論 而已（二字一作其）一紂有臣（紂一作受）以辨君子（以字下一有能字）

魏梁解 不黜（一作不絕）

居士集卷第十八　歐陽文忠公集十八

經旨十一首（辯一首附）

易或問三首

或問：大衍之數，易之緼（一作數）乎？學者莫不盡心焉。曰：大衍，易之末也，何必盡心焉（一無此字）也。易者，文王之作也，其書則六（一無此字）經也，其文則聖人之言也，其事則天地萬物君臣父子夫婦人倫之大端也。大衍，筮占（一作卜筮）之一法耳，非文王之事也。然則不足學乎？曰：得其大者，可以兼其小；未有學其小而能至其大者也。知此，然後知學易矣。六十四卦，自古用焉，夏商之世筮占之説略見于書文王遭紂之亂有憂天下之心有慮萬世之志而無所發以謂一作爲卦文起於奇耦之數陰陽變易交錯而成文有君子小人進退動靜剛柔之象而治亂盛衰得失吉凶之理具焉因假取以寓其言而名之曰易至其後世用以占卜一作筮孔子出於周末懼文王之志不見于後世而易專爲筮占一作卜筮用也乃作彖象發明卦義必稱聖人君子王后以當其事而常以四方萬國天地萬物之大以爲言蓋明非止於卜筮也所以推原本意而矯世失然後文王之志大明而易始列乎六經矣易之淪于卜

筮非止今世也微孔子則文王之志没而不見矣夫六爻之文占辭也一有文王之作也五字大衍之數占法也自一作皆古所用也文王更其辭而不改其法故曰大衍非文王之事也所謂辭者有君子小人進退動靜剛柔之象治亂盛衰得失吉凶之理學者專其辭於筮占一作卜筮猶見非於孔子況遺其辭而執其占法欲以見文王作易之意不亦遠乎凡欲爲君子者學聖人之言欲爲占者學大衍之數惟所擇之一無此字焉耳

或問繫辭果非聖人之作前世之大儒君子不論何也曰何止乎繫辭舜之塗廩浚井不載於六經不道

於孔子之徒蓋俚巷人之語也及其傳也久孟子之徒道之事固有出於繆妄之説其初也大儒君子以世莫之信置而不論及其傳之久也後世反以謂更大儒君子而不非是實不誣矣由是曲學之士溺焉者多矣自孔子殁周益衰王道喪而學廢接乎戰國百家之異端起十翼之説不知起於何人自秦漢以來大儒君子不論也或者曰然則何以知非聖人之作也曰大儒君子之於學也理達而已矣中人已下指其迹提其耳而譬之猶有惑焉者溺於習聞之久曲學之士喜爲奇説以取勝也何謂子曰者講師之

言也吾嘗以譬學者矣元者善之長亨者嘉之會利者義之和貞者事之幹此所謂文言也方魯穆姜之道此言也在襄公之九年後十有五年而孔子生左氏之傳春秋也固多浮誕之辭然其用心亦必欲其書之信後世也使左氏知文言爲孔子作也必不以追附穆姜之說而疑後世蓋左氏者不意後世以文言爲孔子作也孟子曰盡信書不如無書孟子豈好非六經者黜其雜亂之說所以尊經一有也字

或問一有曰字大衍筮占之事也其於筮占之說無所非乎曰其法是也其言非也用蓍四十有九分而爲二

掛一揲四歸奇再扐其法是也象兩象三至于乾坤之策以當萬物之數者其言皆非也傳曰知者創物又曰百工之事皆聖人之作也筮者上古聖人之法也其爲數也出於自然而不測四十有九是也其爲用也通於變而無窮七八九六是也惟不測與無窮故謂之神惟神故可以占今爲大衍者取物合數以配蓍是可測也以九六定乾坤之策是有限而可窮也矧占之而不効夫奇耦陰陽之數也陰陽天地之正氣也二氣升降有進退而無老少且聖人未嘗言而雖繫辭之疵雜亦不道也問者曰然則九六何爲

而變曰夫蓍四十有九無不用也昔之言大衍者取四揲之策而揜掛扐之數兼知掛扐之多少一又有多少字則九六之變可知矣蓍數無所配合陰陽無老少乾坤無定策知此然後知筮占矣嗚呼文王無孔子易其論於卜筮乎易無王弼其論於異端之說乎因孔子而求文王之用心因弼而求孔子之意因予言而求弼之得失可也

明用

乾之六爻曰初九潛龍勿用九二見龍在田九三君子終日乾乾夕惕若厲无咎九四或躍在淵九五飛

龍在天上九亢龍有悔又曰用九見羣龍无首吉者何謂也謂以九而名爻也乾爻七九九變而七無爲易道占其變故以其所占者名爻不謂六爻皆常九也曰用九者釋所以不用七也及其筮也七常多而九常少有無九者焉此不可以不釋也曰羣龍无首吉者首先也主也陽極則變而之他故曰无首也凡物極而不變則弊變則通故曰吉也物無不變變無不通此天理之自然也故曰天德不可爲首又曰乃見天則也坤之六爻曰初六履霜堅冰至六二直方大不習无不利六三含章可貞或從王事无成有終

六四括囊无咎无譽六五黄裳元吉上六龍戰于野其血玄黄又曰用六利永貞者何謂也謂以六而名爻也坤爻八六六變而八無爲亦以其占者名爻不謂六爻皆常六也曰用六者釋所以不用八也及其筮也八常多而六常少有無六者焉此不可以不釋也陰柔之動或失於邪故曰利永貞也陰陽反復天地之常理也聖人於陽盡變通之道於陰則有所戒焉六十四卦陽爻皆七九陰爻皆六八於乾坤而見之則其餘可知也

事有不幸出於久遠而傳乎二說則奚從曰從其一之可信者然則安知可信者而從之曰從其人而信之可也衆人之說如彼君子之說如此則捨衆人而從君子君子博學而多聞矣然其傳不能無失也君子之說如彼聖人之說如此則捨君子而從聖人此舉世之人皆知其然而學春秋者獨異乎是孔子聖人也萬世取信一人而已若公羊高穀梁赤左氏（一本氏作丘明）三子者博學而多聞矣其傳不能無失者也孔子之於經三子之於傳有所不同則學者寧捨經而從傳不信孔子而信三子甚哉其惑也經於魯隱公

之事書曰公及邾儀父盟于蔑其卒也書曰公薨孔子始終謂之公三子者曰非公也是攝也學者不從孔子謂之公而從三子謂之攝其於晉靈公之事孔子書曰趙盾弒其君夷皋三子者曰非趙盾也是趙穿也學者不從孔子信爲趙盾而從三子信爲趙穿其於許悼公之事孔子書曰許世子止弒其君買三子者曰非弒之也買病死而止不嘗藥耳學者不從孔子信爲弒君而從三子信爲不嘗藥其捨經而從傳者何哉經簡而直傳新而奇簡直無悅耳之言而（一無此字）新奇多（一作有）可喜之論是以學者樂聞而易惑

也予非敢曰不惑然信於孔子而篤者也經之所書予所信也經所不言予不知也難者曰子之言有激而云爾夫三子者皆學乎聖人而傳所以述經也經文隱而意深三子者從而發之故經有不言傳得而詳爾非爲二説也予曰經所不書三子者何從而知其然也曰推其前後而知之且其有所傳而得也國君必即位而隱不書即位此傳得知其攝也弑君者不復見經而盾復見經此傳得知弑君非盾也君弑賊不討則不書葬而許悼公書葬此傳得知世子止之非實弑也經文隱矣傳曲而暢之學者以謂三子

之說聖人之深意也是以從之耳非謂捨孔子而信三子也予曰然則妄意聖人而惑學者三子之過而已使學者必信乎三子予不能奪也使其惟是之求則予不得不爲之辨

春秋論中

孔子何爲而修春秋正名以定分求情而責實別是非明善惡此春秋之所以作也自周衰以來臣弑君子弑父諸侯之國相屠戮而爭爲君者天下皆是也當是之時有一人焉能好廉而知讓立乎爭國之亂世而懷讓國之高節孔子得之於經宜如何而別白

之宜如何而褒顯之其肯沒其攝位之實而雷同衆君誣以爲公乎所謂攝者臣行君事之名也伊尹周公共和之臣嘗攝矣不聞商周之人謂之王也使息姑實攝而稱號無異於正君則名分不正而是非不別夫攝者心不欲爲君而身假行君事雖行君事而其實非君也今書曰公則是息姑心不欲之實不爲之而孔子加之失其本心誣以虛名而沒其實善夫不求其情不責其實而善惡不明如此則孔子之意踈而春秋繆矣春秋辭有同異尤謹嚴而簡約所以別嫌明微慎重而取信其於是非善惡難明之際聖

人所盡心也息姑之攝也會盟征伐賞刑祭祀皆出於已舉魯之人皆聽命於已其不爲正君者幾何惟不有其名爾使其名實皆在已則何從而知其攝也故息姑之攝與不攝惟在爲公與不爲公別嫌明微繫此而已且其有讓桓之志未及行而見殺其生也志不克伸其死也被虛名而違本意則息姑之恨何申於後世乎其甚高之節難明之善亦何望於春秋乎今説春秋者皆以名字氏族與奪爲輕重故曰一字爲褒貶且公之爲字豈不重於名字氏族乎孔子於名字氏族不妄以加人其肯以公妄加於人而没

其善一作實乎以此而言隱實爲攝則孔子決不書曰公孔子書爲公則隱決非攝難者曰然則何爲不書即位曰惠公之終不見其事則隱之始立亦不可知孔子從二百年後得其遺書而脩之闕其所不知所以傳信也難者又曰謂爲攝者左氏耳公羊穀梁皆以爲假立以待桓也故得以假稱公予曰凡魯之事出於已舉魯之人聽於已生稱曰公死書曰薨何從而知其假

春秋論下

弒逆大惡也其爲罪也莫贖其於人也不容其在法

也無赦法施於人雖小必愼况舉大法而加大惡乎既輒加之又輒赦之則自悔其法而人不畏春秋用法不如是之輕易也三子說春秋書趙盾以不討賊故加之大惡既而以盾非實弒則又復見于經以明盾之無罪是輒加之而輒赦之爾以盾爲無弒心乎其可輕以大惡加之以盾不討賊情可責而宜加之乎則其後頑然未嘗討賊既不改過以自贖何爲遽赦使同無罪之人其於進退皆不可此非春秋意也趙穿弒君大惡也盾不討賊不能爲君復讎而失刑於下二者輕重不較可知就使盾爲可責然穿焉得

免也今免首罪爲善人使無辜者受大惡此決知其不然也春秋之法使爲惡者不得幸免疑似者有所辨明（一有此字）所謂是非之公也據三子之說初靈公欲殺盾盾走而免穿盾族也遂弑而盾不討其迹涉於與弑矣此疑似難明之事聖人尤當求情責實以明白之使盾果有弑心乎則自然罪在盾矣不得曰爲法受惡而稱其賢也使果無弑心乎則當爲之辨明必先正穿之惡使罪有所歸然後責盾縱賊則穿之大惡不可幸而免盾之疑似之迹獲辨而不討之責亦不得辭如此則是非善惡明矣今爲惡者獲免而

疑似之人陷于大惡此決知其不然也若曰盾不討賊有幸弑之心與自弑同故寧捨穿而罪盾此乃逆詐用情之吏矯激之爲爾非孔子忠恕春秋以王道治人之法也孔子患舊史是非錯亂而善惡不明所以修春秋就令舊史如此其肯從而不正之乎其肯從而稱美又教人以越境逃惡乎此可知其繆傳也問者曰然則夷皐孰弑之曰孔子所書是矣趙盾弑其君也今有一人焉父病躬進藥而不嘗又有一人焉父病而不躬進藥而二父皆死又有一人焉操刃而殺其父使吏治之是三人者其罪同乎曰雖庸吏

猶知其不可同也躬藥而不知嘗者有愛父之孝心而不習於禮是可哀也無罪之人爾不躬藥者誠不孝矣雖無愛親之心然未有殺父之意使善治獄者猶當與操刃殊科况以躬藥之孝反與操刃同其罪乎此庸吏之不爲也然則許世子止實不嘗藥則孔子決不書曰弒君孔子書爲弒君則止決非不嘗藥難者曰聖人借止以垂教爾對曰不然夫所謂借止以垂教者不過欲人之知嘗藥耳聖人一言明以告人則萬世法也何必加孝子以大惡之名而嘗藥之事卒不見于文使後世但知止爲弒君而莫知藥之

當嘗也教未可垂而已陷人於大惡矣聖人垂教不如是之迂也果曰責止不如是之刻也難者曰然則盾曷為復見于經許悼公曷為書葬曰弑君之臣不見經此自三子說爾果聖人法乎悼公之葬且安知其不討賊而書葬也自止以弑見經後四年吳敗許師又十有八年當定公之四年許男始見于經而不名許之書于經者略矣止之事迹下可得而知也難者曰三子之說非其臆出也其得於所傳如此然則所傳者皆不可信乎曰傳聞何可盡信公羊穀梁以尹氏卒為正卿左氏以君氏卒為隱母一以為男子

一以爲婦人得於所傳者蓋如是是可盡信乎

春秋或問

或問春秋何爲（一無此字）始於隱公而終於獲麟曰吾不知也問者曰此學者之所盡心焉不知何也曰春秋（一有之字）起止吾所知也子所問者始終之義吾不知也吾無所用心乎此（一有也字）昔者孔子仕於魯不用去之諸侯又不用困而歸且老始著書得詩自關雎至于魯頌得書自堯典至于費誓得魯史記自隱公至于獲麟遂刪修之其前遠矣聖人著書足以法世而已不窮遠之難明也故據其所得而修之孔子非史官

也一無此字不常職乎史故盡其所得修之而止耳魯之史記則未嘗止也今左氏經可以見矣曰然則始終無義乎曰義在春秋不在起止春秋謹一言而信萬世者也予厭衆說之亂春秋者也

或問子於隱攝盾止之弑據經而廢傳經簡矣待傳而詳可廢乎曰吾豈盡廢之乎夫傳之於經勤矣其述經之事時有賴其詳焉至其失傳則不勝其戾也其述經之意亦時有得焉及其失也欲大聖人而反小之欲尊經而反卑之取其詳而得者廢其失者可也嘉其尊大之心可也信其卑小之說不可也問者

曰傳有所廢則經有所不通柰何曰經不待傳而通者十七八因傳而惑者十五六日月萬物皆仰然不爲盲者明而有物蔽之者亦不得見也聖人之意皎然乎經惟明者見之不爲他說蔽者見之也

泰誓論

書稱商始咎周以乘黎乘黎者西伯也西伯以征伐諸侯爲職事其伐黎而勝也商人已疑其難制而惡（一作患）之使西伯赫然見其不臣之狀與商並立而稱王如此十年商人反晏然不以爲怪其父師老臣如祖伊微子之徒亦默然相與孰視而無一言此豈近

於人情邪由是言之謂西伯受命稱王十年者妄説也以紂之雄猜暴虐嘗醢九侯而脯鄂侯矣西伯聞之竊歎遂執而囚之幾不免死至其叛已不臣而自王乃反優容而不問者十年此豈近於人情邪由是言之謂西伯受命稱王十年者妄説也孔子曰三分天下有其二以服事商使西伯不稱臣而稱王安能服事於商乎且謂西伯稱王者起於何説而孔子之言萬世之信也由是言之謂西伯受命稱王十年者妄説也伯夷叔齊古之知義之士也方其讓國而去顧天下皆莫可歸聞西伯之賢共往歸之當是時紂

雖無道天子也天子在上諸侯不稱臣而稱王是僭叛之國也然二子不以爲非依之久而不去至武王伐紂始以爲非而棄去彼二子者始顧天下莫可歸卒依僭叛之國而不去不非其父而非其子此豈近於人情邪由是言之謂西伯受命稱王十年者妄說也書之泰誓稱十有一年説者因以謂自文王受命九年及武王居喪二年并數之爾是以西伯聽虞芮之訟謂之受命以爲元年此又妄說也古者人君即位必稱元年常事爾不以爲重也後世曲學之士說春秋始以改元爲重事然則果常事歟固不足道也

果重事歟西伯即位已改元矣中間不宜改元而又改元至武王即位宜改元而反不改元乃上冐先君之元年并其居喪稱十一年及其滅商而得天下其事大於聽訟遠矣又不改元由是言之謂西伯以受命之年爲元年者妄説也後之學者知西伯生不稱王而中間不再改元則詩書所載文武之事粲然明白而不誣矣或曰然則武王畢喪伐紂而泰誓曷謂稱十有一年對曰畢喪伐紂出於諸家之小説而泰誓六經之明文也昔者孔子當衰周之際患衆説紛紜以惑亂當世於是退而修六經以爲後世法及孔

子既殁去聖稍遠而衆説復興與六經相亂自漢以來莫能辨正今有卓然之士一取信乎六經則泰誓者武王之事也十有一年者武王即位之十有一年爾復何疑哉司馬遷作周本紀雖曰武王即位九年祭於文王之墓然後治兵于盟津至作伯夷列傳則又載父死不葬之説皆不可爲信是以吾無取焉取信于書可矣

縱囚論

信義行於君子而刑戮施於小人刑入于死者乃罪大惡極此又小人之尤甚者也寧以義死不苟幸生

而視死如歸此又君子之尤難者也方唐太宗之六年錄大辟囚三百餘人縱使還家約其自歸以就死是以君子之難能期小人之尤者以必能也其囚及期而卒自歸無後者是君子之所難而小人之所易也此豈近於人情或曰罪大惡極誠小人矣及施恩德以臨之可使變而爲君子蓋恩德入人之深而移人之速有如是者矣曰太宗之爲此所以求此名也然安知夫縱之去也不意其必來以冀免所以縱之乎又安知夫被縱而去也不意其自歸而必獲免所以復來乎夫意其必來而縱之是上賊下之情也意

其必免而復來是下賊上之心也吾見上下交相賊以成此名也烏有所謂施恩德與夫知信義者哉不然太宗施德於天下於茲六年矣不能使小人不爲極惡大罪而一日之恩能使視死如歸而存信義此又不通之論也然則何爲而可曰縱而來歸殺之無赦而又縱之而又來則可知爲恩德之致爾然此必無之事也若夫縱而來歸而赦之可偶一爲之爾若屢爲之則殺人者皆不死是可爲天下之常法乎不可爲常者其聖人之法乎是以堯舜三王之治必本於人情不立異以爲高不逆情以干譽

怪竹辯

謂竹爲有知乎不宜生於廡下謂爲無知乎乃能避檻而曲全其生其果有知乎則有知莫如人人者萬物之最靈也其不知於物者多矣至有不自知其一身者如駢拇枝指懸疣附贅皆莫知其所以然也以人之靈而不自知其一身使竹雖有知必不能自知其曲直之所以然也竹果無知乎則無知莫如枯草死骨所謂蓍龜者是也自古以來大聖大智之人有所不知者必問於蓍龜而取決是則枯草死骨之有知反過於聖智之人所知遠矣以枯草死骨之如此

則安知竹之不有知也遂以蓍龜之神智而謂百物皆有知則其他草木瓦石叩之又頑然皆無所知然則竹未必不無知也由是言之謂竹爲有知不可謂爲無知亦不可謂其有知無知皆不可知然後可萬物生於天地之閒其理不可以一槩謂有心然後有知乎則蚓無心謂凡動物皆有知乎則水亦動物也人獸生而有知死則無知矣蓍龜生而無知死然後有知也是皆不可窮詰故聖人治其可知者置其不可知者是之謂大中之道

居士集卷第十八

熙寧五年秋七月男發等編定

紹熙二年三月郡人孫謙益校正

初公作易或問三篇第二篇論卦爻彖象其後删去别作一篇論繫辭此卷所載是也元論卦爻彖象一篇諸本皆不載恐遂棄遺令編入外集第十卷

明用無首無當作无下同

春秋論下

而嘗藥之事而一作之

居士集卷第十九　歐陽文忠公集十九

詔冊七首

請皇太后權同聽政詔

門下朕承大行之遺命嗣列聖之丕基踐祚之初銜哀罔極遂罹疾恙未獲痊和而機政之繁裁決或壅皇太后母儀天下子育朕躬輔佐先朝練達庶務因請同於聽覽蒙曲賜於矜從俾緩憂勤冀速康復候將來聽政日皇太后權同處分文武百官並放朝參候朕平愈日如故故茲詔示想宜知悉

皇太后還政議合行典禮詔

勑中書門下朕頃以嗣承大統方執初喪過自摧傷遂嬰疾恙皇太后尊居母道時遘家艱閔余哀荒俯徇誠請勉同聽覽用適權宜賴保護之勤劬獲清明而康復恭惟坤德之至靜實猷事機之久煩殆此彌年荐承謨誨顧寔繁於庶政難重浼於睿慈然而方國多虞則共濟天下之務惟時無事亦宜享天下之安先民有言無德不報雖日以三牲之養未足盡於予心而刑于四海之風以務先於孝治惟是事親之禮蓋存有國之規當極尊崇以稱朕意應合行儀範等事令中書門下樞密院參議以聞故茲詔示想宜

知悉

賜大宗正司詔

勑夫明德以親九族正家而刑萬邦古先哲王罔不由此朕嗣守丕業率循舊章惟皇屬之敦和命宗正而董正而累聖承繼百年盛隆荷宗社之慶靈茂本支而蕃衍念其性本於仁厚宜廣學以勤修顧其日益於衆多必增員而統理故外已詔於儒學各選於經師而内仍擇於親賢共司於屬籍庶乎協贊其職並修厥官紀乃非違先以正而爲率勉夫怠墮惟其善而是從式孚于休以副予意

賜夏國詔書

朕嗣守丕圖日新庶政方推大信以協萬邦思與藩屏之臣永遵帶礪之約矧勤王而述職固奕世以推誠而近年以來將命之使或不體朝廷之意或罔循規矩之常多於臨時率爾改作既官司之有守致事體以難從且下修奉上之儀本期効順而君有錫臣之寵所以隆恩豈宜一介於其間輒以多端而生事在國家之撫御固廓爾以無疑想忠孝之傾輸亦豈欲其如此故特申於旨諭諒深認於眷懷今後所遣使人更宜精擇不令妄舉以紊彝章所有押賜押伴

使臣等亦已嚴行戒勵苟有違越必寘典刑載惟信誓之文炳若丹青之著事皆可守言貴弗違毋開閒隙之萌庶敦悠久之好

英宗遺制

詔内外文武百寮等朕蒙先帝之遺休荷高穹之眷命獲主大器于兹五年樂與羣公講求至治先身以儉冀臻四海之富康勵志之勤未嘗一日而暇逸而憂勞積慮疾恙踰時有加無瘳遂至大漸皇太子頊睿哲之性天資夙成儲兩之明人望攸屬可於柩前即皇帝位尊皇太后爲太皇太后皇后爲皇太后諸

軍賞給並取嗣君處分喪服以日易月山陵制度務從儉約在外羣臣止於本處舉哀不得擅離治所成服三日而除應緣邊州鎮皆以金革從事不用舉哀於戲死生之理聖智所同惟賴宗社之靈臣隣協德輔我元子永康王家洛爾多方當體予意主者施行

尊皇太后册文

維治平二年歲次乙巳十一月丁巳朔十有六日壬申嗣皇帝臣頊謹稽首再拜言曰臣聞昔者明王之以孝治天下者非家至而日見也蓋有要道焉推所以行於己者爲天下率盡所以奉其親者爲天下先

而四海靡然而承風矣洪惟有宋受命造邦百年四
聖而小子獲承之以繼我仁考之遺休餘烈方與羣
公卿士夙夜以思勉其不逮庶幾如我仁考付畀之
意以申罔極欲報之心此固慄慄祗懼不敢遑寧者
已顧惟眇末之質提攜鞠育慈仁咻煦至于有成自
我聖母嗣位之始哀迷在疚而憂勞艱難一日萬務
恊和綏靖保佑扶持功施邦家亦惟我聖母永惟至
恩大德無物可稱是以稽參典禮率籲羣心合志一
辭懇懇惓惓不勝大願謹遣攝太尉具官臣韓琦司
徒具官臣胡宿奉玉冊金寶上尊號曰皇太后恭惟

皇太后聖善明哲柔閑靜專粤自正位中宮内助先帝陰禮修而教行儉德著而下化遂及萬國先於正家逮夫玉几受遺遭時多難勉徇勤請權同聽决而明識遠慮動懷謙畏深鑒漢家母后之失訖不踐於外朝及歸政沖人合於易之進退不失其正之聖是惟全節鉅美固已超出前古而垂法後世宜乎盛烈播于聲詩尊名光於典册惟朕小子獲奉温凊嗚呼殫九州之富以爲養未足盡於孝心享萬壽之福而無疆期永承於慈訓臣頊誠懽誠忭稽首再拜謹言

居士集卷第十九

熙寧五年秋七月男發等編定

紹熙二年三月郡人孫謙益校正

此卷皆任參知政事日中書所用之文公家定本元又有濮王典禮奏今既載之濮議更不重出

[illegible]詔候一作俟

[illegible]司徒二字上有攝字

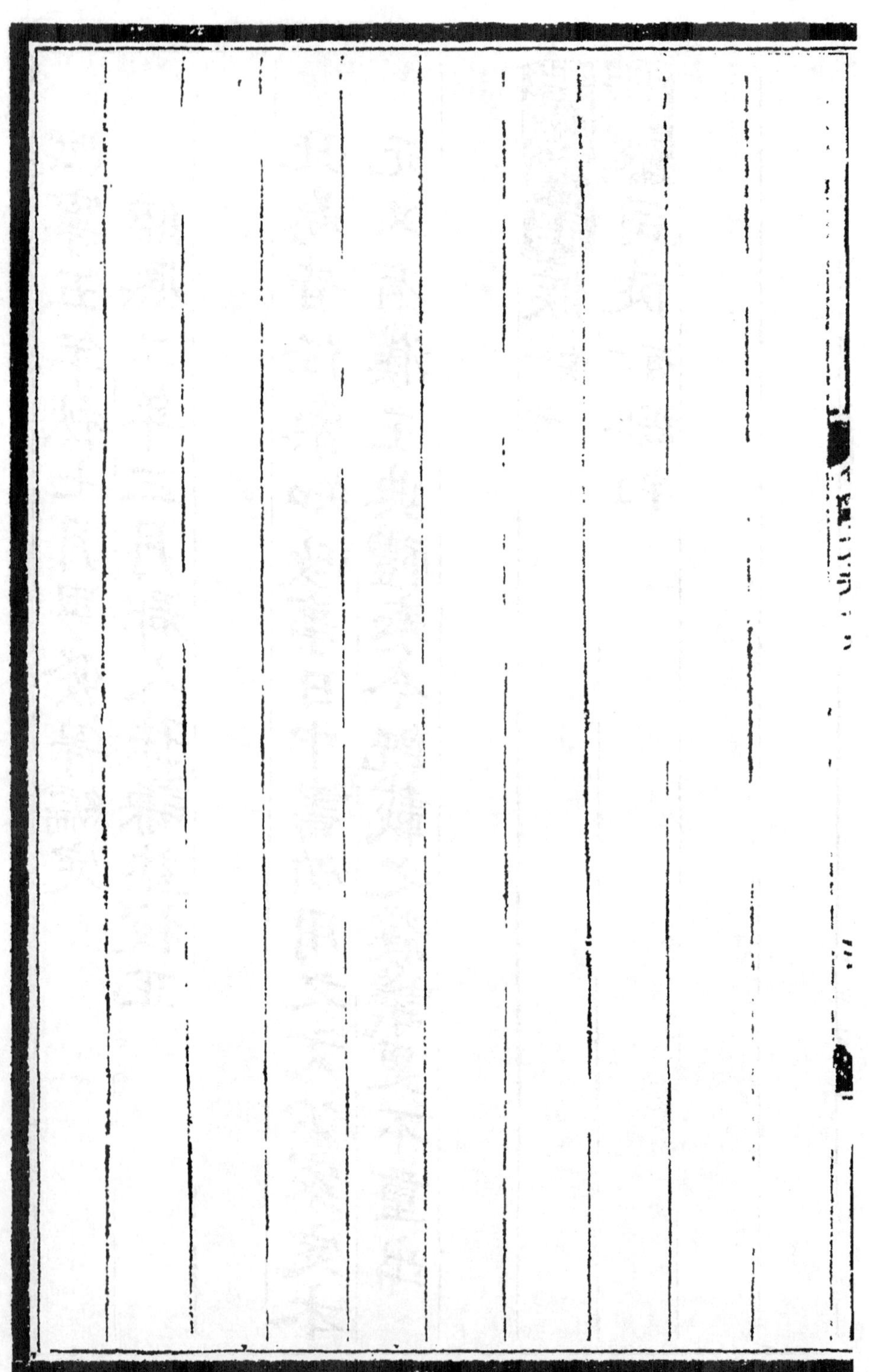

居士集卷第二十　　歐陽文忠公集二十

碑銘

金部郎中贈兵部侍郎閻公神道碑銘 并序

惟閻氏世家于鄆其先曰太原王寶以武顯於梁晉之間寶佐莊宗戰河上取常山功書史官爵有王土鄆之諸閻皆王後也周廣順二年以鄆州之鉅野鄆城爲濟州閻氏今爲濟州鉅野人也公生漢晉之間遭世多虞雖出將家而不喜戰鬬獨好學通三禮頗習子史爲文辭是時鉅野大賊有衆千餘人以公鄉里儒者掠致賊中問以謀略公毅然未嘗有所言而

爲人狀皃奇偉舉止嚴重有威儀賊皆憚之莫敢害賊平公還鄉里以三禮教授弟子大宋受命天下將平公乃出以三禮舉中建隆某年某科歷漢州之金堂虢州之湖城二縣尉遷濮州濮陽令皆有吏績太宗皇帝遣使者行視天下使者還言公可用召見奏事語音喨然殿中皆聳動太宗奇之拜太子洗馬知岳州（一有遷殿中丞知均州一作郢州）吳越忠懿王再朝京師籍其所有浙東西之地納之有司天子以爲新附之邦乃以禁兵千人屬公安撫其人遂知蘇州（一有又知婺州）五代之際江海之閒分爲五大者竊名號其次擅征伐故

皆峻刑法急聚斂以制命於其民越雖名爲臣屬之邦然閡於江淮與中國隔不相及者久矣公以齊魯之人悉能知越風俗而揉以善政或摩以漸或革以宜推凡上之所欲施寬凡民之所不堪恩涵澤濡民以蘇息政成召還以國子博士知濟州又知晉州入拜尚書水部員外郎廣平郡王府翊善賜緋衣銀魚居六年廣平封陳王出閤公以司門員外郎求知黄州陳王徙封許乃詔公還遷庫部員外郎賜金紫侍講許王府王薨公出知 州居歲餘以淮陽近鉅野乃求知淮陽軍公雖居許王府而真宗素知其賢數

詔訪以經術謂之闔君子眞宗即位問公何在左右具言所以然即時召之已在道拜金部郎中知青州其後鄆州守臣某臨遣對殿上眞宗問鄆去青遠近守臣對若干眞宗曰爲吾告之將召也已而見召行至鉅野遇疾使者臨問慰賜藥百日賜告下濟州伺疾少閒趨（一作趣）就道已而疾病（一作亟一作革）以某年某月某日薨于濟州享年七十有七贈兵部侍郎葬于鉅野大（一有闕字）徐村公諱象字某曾祖諱某某官祖諱某某官考（一作父）諱某某官公娶孫氏封富春縣君用子貴追封泗水縣太君子男三人長曰某某官次曰某

某官次曰某某官女三人皆適士族孫五人一早亡次皆已仕曾孫十人仕者五人嗚呼士患不逢時時逢矣患人主之不知知矣而不及用者命也惟公履道純正生於多艱而卒遇太平以奮其身又遭人主之知嘗用矣而不暇於大用以殁殁而無章焉則其遂不見於後世乎景祐五年冬其子光禄君自光化罷還鄉閭乃謀刻其先德於墓之碑而以其辭屬脩

詞曰

閤世將家大纛高牙有封太原王功桓桓公不勇力而勇於學奮身逢時卒有成業不大其榮繼世而卿

挻（一作挺）其後世多有孫曾有墓于里有碑其隧鄉人無傷鄉之君子

太子太師致仕贈司空兼侍中文惠陳公神道碑銘并序

穎川公既葬于新鄭其子尚書主客郎中述古等七人具公之行事及太常之狀祁伯之銘以來告曰唯陳氏世有顯人我先正文惠公歷事太宗眞宗而相今天子其出處始終之大節可考不誣如此故敢請以墓隧之碑于為考其世次得其所以基于初盛于中有于終而大施于其後者曰信哉陳氏載德晦顯

以時其蓄厚來遠故能發大而流長自公五世以上
爲博州人皇高祖翔當五代時爲王建掌書記建欲
帝蜀以逆順禍福譬之不聽棄官于閬州之西水遂
爲西水人皇曾祖齊國公諱詡皇祖楚國公諱昭汶
皇考秦國公諱省華皆開府儀同三司太師尚書令
兼中書令自翔已下三世不顯于蜀至秦公始事聖
朝爲左諫議大夫其配曰燕國太夫人馮氏公其次
子也諱堯佐字希元舉進士及第累遷太常丞知開
封府録事參軍用理獄有能績遷府推官以言事切
直貶通判潮州自潮還獻詩數百篇而大臣亦薦其

文學得直史館知壽廬二州提點府界諸縣公事丁秦公憂服除判三司都勾院兩浙轉運使徙京西河東河北三路糾察在京刑獄天禧三年編次御試進士坐誤差其第貶監鄂州茶場未至丁燕國太夫人憂明年河決滑州天子念非公不可塞乃起公知滑州乾興元年作永定陵徙公京西轉運使以辦其事入爲三司户部副使徙副度支拜知制誥兼史館修撰同知天聖二年貢舉知通進銀臺司遷龍圖閣直學士知河南府徙并州知審官院開封府拜翰林學士兼龍圖閣學士七年拜樞密副使其年八月參知

政事居三歲閒凡三請罷明道二年罷知永興軍行過鄭州為狂人所誣御史中丞范諷辨公無罪徙知廬州又徙同州復徙永興又徙鄭州累官至戶部侍郎景祐四年四月召拜同中書門下平章事公為人剛毅篤實好古博學居官無大小所至必聞（一有其仁足以庇民智足以利物忠足人事上誠足以信于人）潮州惡谿鱷魚食人不可近公命捕得鳴鼓于市以文告而戮之鱷（一作其）患屏息潮人歎曰昔韓公諭鱷而聽今公戮鱷而懼所為雖異其能使異物醜類革化而利人一也吾潮閒三百年而得二公幸矣在潮修孔子廟韓公祠率其州民

之秀者就于學知壽州遭歲大饑公自出米爲糜以
食餓者吏民以公故皆爭出米其活數萬人公曰吾
豈以是爲私惠邪蓋以令率人不若身先而使其從
之樂也錢塘江堤以竹籠石而潮齧之不數歲輒壞
而復理公歎曰堤以捍患而反病民乃議易以薪土
而害公政者言于朝以爲非便是時丁晉公參知政
事主言者以黜公公爭不已乃徙公京西而籠石爲
堤數歲功不就民力大困卒用公議堤乃成河東地
寒而民貧奏除石炭稅減官冶鐵課歲數十萬以便
民曰轉運征利之官也利有本末下有餘則上足吾

豈爲俗吏哉太行山當河東河北兩路之界公以謂晉自前世爲險國常先叛而後服者恃此也其在河東鑿澤州路後徙河北鑿懷州路而太行之險通行者德公以爲利公曰吾豈爲今日利哉河決壞滑州水力悍甚每埽下湍激并人以沒不見蹤跡者不可勝數公躬自暴露晝夜督促刳爲木龍以巨木駢齒浮水上下殺其暴堤乃成又爲長堤以護其外滑人得復其居相戒曰不可使後人忘我陳公因號其堤爲陳公堤開封府治京師公以謂治煩之術任威以擊彊盡察以防姦譬於激水而欲其澄也故公爲政

一以誠信每歲正月夜放燈則悉籍惡少年禁錮之一本有歲以爲常公召少年諭曰尹以惡人待汝汝安得爲善吾以善人待汝汝其爲惡耶因盡縱之凡五夜無一人犯法者太常博士陳詁知祥符縣縣吏惡其明察欲中以事而詁公廉事不可得乃欲以奇動京師自録事已下空一縣皆逃去京師果諠言詁政苛暴是時章獻明肅太后猶聽政怒詁欲加以罪公爲樞密副使力爭之以謂罪詁則姦人得計而沮能吏詁由是獲免公十典大州六爲轉運副使一無副字一無副使字常以方嚴肅下一作方嚴清肅莅下使人知畏而重犯法至其

過失則多保佑之故未嘗梭黜一下吏公貶潮州其所言事蓋人臣所難言者其平生奏疏尤多悉焚其藁其他文章有文集三十卷又有野廬編潮陽編愚丘集多慕韓愈爲文與修眞宗實録又修國史故事知制誥者常先試其文辭天子以公文學天下所知不復命試自國朝以來不試而知制誥者惟楊億及公二人而已公居官不妄進取爲太常丞者十三年不遷爲起居郎者七年不遷自議錢塘堤爲丁晉公所絀後晉公益用事專威福故人子弟以公久于外多勉以進取公曰惟久然後見吾守如是十五年今

天子即位晉公事敗投海外公乃見召用公初作相以唐劉蕡所對策進曰天下治亂自朝廷始朝廷賞罰自近始凡蕡之所究言者皆當今之弊此臣所欲言而陛下之所宜行且臣等之職也天子嘉納之公在相位不久其年冬雷地震星象數變公言王隨位在臣上而病不任事程琳等位皆在下乃引漢故事以災異自責求罷章凡四上明年三月拜淮康軍節度使檢校太傅同中書門下平章事判鄭州康定元年五月以太子太師致仕詔大朝會立宰相班遂居于鄭其起居飲食康寧如少者後四年年八十有二

以疾卒于家公居家以儉約爲法雖已貴常使其子弟親執賤事曰孔子固多能鄙事作爲善箴以戒子孫臨卒口占數十言自誌其墓公前娶曰杞國夫人宋氏後娶曰沂國夫人王氏子男十人長曰述古次曰比部員外郎求古主客員外郎學古虞部員外郎道古大理評事館閣校勘博古殿中丞脩古秘書省正字履古光禄寺丞游古大理寺丞襲古太常寺太祝象古秦公三子長曰堯叟爲樞密使同中書門下平章事季曰堯咨爲武信軍節度使皆舉進士第一人（一無人字）及第（一無第字）三子已貴秦公尚無恙每賓客至

其家公及伯季侍立左右坐客蹴踏不安求去秦公笑曰此學（一作兒）子輩耳故天下皆以秦公教子爲法而以陳氏世家爲榮公之孫四十人曾孫二人合伯季之後若子若孫若曾孫六十有八人女若孫曾五十有四人而仕于朝者多以材稱於時（一無於時）嗚呼可謂盛矣銘曰

陳氏高節在汚全潔閟德潛光有俟而發其發惟時自公啓之英英伯季踵武偕來相車崇崇武節之雄高幢巨轂四世六公惟世有封秦楚及齊尚書中書儀同太師祖考在前孫曾盈後公居于中伯季左右

惟勤其始，以享其終。惟能其約，以有其豐。休庸顯問

播美家邦。有遠其貽，有大其繼。刻詩垂聲，以質來裔。

資政殿學士户部侍郎文正范公神道碑銘并序

皇祐四年五月甲子，資政殿學士尚書户部侍郎汝南文正公薨于徐州，以其年十有二月壬申葬于河南尹樊里之萬安山下。公諱仲淹，字希文。五代之際，世家蘇州，事吳越。太宗皇帝時，吳越獻其地，公之皇考從錢俶朝京師，後爲武寧軍掌書記以卒。公生二歲而孤，母夫人貧無依，再適長山朱氏。既長，知其世

家感泣去之南都入學舍掃一室晝夜講誦其起居飲食人所不堪而公自刻益苦居五年大通六經之旨爲文章論說必本於仁義祥符八年舉進士禮部選第一遂中乙科爲廣德軍司理參軍始歸迎其母以養及公既貴天子贈公曾祖蘇州粮料判官諱夢齡爲太保祖秘書監諱贊時爲太傅考諱墉爲太師妣謝氏爲吳國夫人公少有大節於富貴貧賤毀譽歡戚不一動其心而慨然有志於天下常自誦曰士當先天下之憂而憂後天下之樂而樂也其事上遇人一以自信不擇利害爲趨捨其所有爲必盡其方

曰爲之自我者當如是其成與否有不在我者雖聖賢不能必吾豈苟哉天聖中晏丞相薦公文學以大理寺丞爲秘閣校理以言事忤章獻太后旨通判河中府（一有陳州）久之上記其忠召拜右司諫當太后臨朝聽政時以至日大會前殿上將率百官爲壽有司已具公上疏言天子無北面且開後世弱人主以彊母后之漸其事遂已又上書請還政天子不報及太后崩言事者希旨多求太后時事欲深治之公獨以謂太后受託先帝保佑聖躬始終十年未見過失宜掩其小故以全大德初太后有遺命立楊太妃代爲太

后公諫曰太后母號也自古無代立者由是罷其册命是歲大旱蝗奉使安撫東南使還會郭皇后廢率諫官御史伏閤爭不能得貶知睦州又徙蘇州歲餘即拜禮部員外郎天章閣待制召還益論時政闕失而大臣權倖多忌惡之居數月以公知開封府開封素號難治公治有聲事日益簡暇則益取古今治亂安危爲上開説又爲百官圖以獻曰任人各以其材而百職修堯舜之治不過此也因指其遷進遲速次序曰如此而可以爲公可以爲私亦不可以不察由是吕丞相怒至交論上前公求對辨語切坐落職知

饒州明年吕公亦罷公徙潤州又徙越州而趙元昊反河西上復召相吕公乃以公爲陜西經略安撫副使遷龍圖閣直學士是時新失大將延州危公請自守鄜延扞賊乃知延州元昊遣人遺書以求和公以謂無事請和難信且書有僭號不可以聞乃自爲書告以逆順成敗之説甚辯坐擅復書奪一官知耀州未逾月徙知慶州既而四路置帥以公爲環慶路經略安撫招討使兵馬都部署累遷諫議大夫樞密直學士公爲將務持重不急近功小利於延州築青澗城墾營田復承平永平廢寨熟羌歸業者數萬户於

慶州城大順以據要害一本有奪賊地而耕之六字又城細腰胡蘆於是明珠滅臧等大族皆去賊爲中國用自邊制久隸至兵與將常不相識公始分延州兵爲六將訓練齊整諸路皆用以爲法公之所在賊不敢犯人或疑公見敵應變爲如何至其城大順也一旦引兵出諸將不知所向軍至柔遠始號令告其地處使往築城至於版築之用大小畢具而軍中初不知賊以騎三萬來爭公戒諸將戰而賊走追勿過河已而賊果走追者不渡而河外果有伏賊一有既字失計乃引去於是諸將皆服公爲不可及公待將吏必使畏法而愛

己所得賜賚皆以上意分賜諸將使自爲謝諸蕃皆子縱其出入無一人逃者蕃酋來見召之卧内屏人徹衛與語不疑公居三歲士勇邊實恩信大洽乃決策謀取横山復靈武而元昊數遣使稱臣請和上亦召公歸矣初西人籍爲鄉兵者十數萬既而黥以爲軍惟公所部但刺其手公去兵罷獨得復爲民其於兩路既得熟羌爲用使以守邊因徙屯兵就食内地而紓西人饋輓之勞其所設施去而人德之與守其法不敢變者至今尤多自公坐吕公貶羣士大夫各持二公曲直吕公患之凡直公者皆指爲黨或坐竄

遂及吕公復相公亦再起被用於是二公驩然相約勠力平賊天下之士皆以此多二公然朋黨之論遂起而不能止上既賢公可大用故卒置羣議而用之慶曆三年春召爲樞密副使五讓不許乃就道既至數月以爲參知政事每進見必以太平責之公歎曰上之用我者至矣然事有先後而革弊於久安非朝夕可也既而上再賜手詔趣使條天下事又開天章閣召見賜坐授以紙筆使疏于前公惶恐避席始退而條列時所宜先者十數事上之其詔天下興學取士先德行不專文辭革磨勘例遷以别能否減任子

之數而除濫官用農桑考課守宰等事方施行而磨勘任子之法僥倖之人皆不便因相與騰口而嫉公者亦幸外有言喜爲之佐佑會邊奏有警公即請行乃以公爲河東陝西宣撫使至則上書願復守邊即拜資政殿學士知邠州兼陝西四路安撫使其知政事纔一歲而罷有司悉奏罷公前所施行而復其故言者遂以危事中之賴上察其忠不聽是時夏人已稱臣公因以疾請鄧州守鄧三歲求知杭州又徙青州公益病又求知潁州肩舁至徐遂不起享年六十有四方公之病上賜藥存問既薨輟朝一日以其遺

表無所請使就問其家所欲（一有爲）贈以兵部尚書所以哀卹之甚厚公爲人外和内剛樂善汎愛喪其母時尚貧終身非賓客食不重肉臨財好施意豁如也及退而視其私妻子僅給衣食其爲政所至民多立祠畫像其行已臨事自山林（一作搢紳）處士里閭田野之人外至夷狄莫不知其名字而樂道其事者甚衆及其世次官爵誌于墓譜于家藏于有司者皆不論著著其繫天下國家之大者亦公之志也歟銘曰

范於吳越世實陪臣俶納山川及其士民范始來北中間幾息公奮自躬與時偕逢事有罪功言有違從

豈公必能，天子用公。其艱其勞，一其初終。夏童跳邊，乘吏怠一作殆安。帝命公往，問彼驕頑。有不聽順，鋤其穴根。公居三年，怯勇隳完。兒憐獸擾，卒俾來臣。夏人在廷，其事方議。帝趣公來，以就予治。公拜稽首，茲惟難一作艱哉。初匪其難，在其終之。羣言營營，卒壞于成。匪惡其成，惟公是傾。不傾不危，天子之明。存有顯榮，殁有贈謚。藏其子孫，寵及後世。惟百有位，可勸無怠。

居士集卷第二十

熙寧五年秋七月男發等編定

紹熙二年三月郡人孫謙益校正

范文正公神道碑自公坐呂公貶羣士大夫各持二公曲直呂公患之凡直公者皆指爲黨或坐竄逐及呂公復相公亦再起被用於是二公驩然相約勠力平賊天下之士皆以此多二公然朋黨之論遂起而不能止○按司馬文正公記聞景祐中呂許公執政范文正公知開封屢攻呂短坐落職知饒州康定元年復舊職知永興會許公復相言於仁宗曰仲淹賢者朝廷將用之豈可但除舊職

即除龍圖閣直學士陝西經略安撫副使上以許公爲長者天下亦以許公不念舊惡又蘇文定公龍川志范文正自饒州還朝出領西事恐申公不爲之地無以成功乃爲書自咎解仇而去故歐陽公作文正碑有二公晚年懽然相得之語後生不知皆咎歐陽公予見張公安道言之乃信又邵氏聞見録當時文正子堯夫不以爲然從歐陽公辯不可得則自削去驩然戮力等語公不樂謂蘇明允曰范公碑爲其子弟擅於石本改動文字令人恨之故今羅氏本於坐落職知饒州下無明年吕

公亦罷六字爲陝西經略安撫副使上無上復召相呂公六字又無自公坐呂公貶已下至故卒置羣議而用之一段以此觀之諸家本乃當時定本也羅氏本堯夫改本也今從衆而載堯夫所改如此陳無已談叢叙二公曲折未必盡然呂公薨范公雖有祭文蓋交際常禮今載集中詞意亦平平無已謂歸重而自訟過矣

陳文惠公碑 棄官此下一有家字 嚙當作齧

范文正公碑 來臣來一作徠

居士集卷第二十一　歐陽文忠公集二十一

碑銘四

尚書戶部郎中贈右諫議大夫曾公神道碑（一作墓誌）銘并序

公諱致堯，字某，撫州南豐人也。少知名江南（一本作少有大志以文行知名）。當李氏時，不就鄉里之舉。李氏亡，太平興國八年（一有始字），舉進士及第，爲符離主簿，累遷光祿寺丞，監越州酒稅。數上書言事，獻文章，太宗奇之，召拜著作佐郎、直史館，使行視汴河漕運，稱旨，遷祕書丞，爲兩浙轉運使。諫議大夫魏庠知蘇州，恃舊恩多不法吏莫敢近公（一本有曰此吾職也）劾其狀以聞太宗驚曰是敢治魏庠可畏也卒爲公罷庠洛苑使楊允恭以言事見幸無不聽事有下公常膺不行允恭以訴太宗遣使問公公具言其不可（一本下有事卒不行）公既繩其大而人所難者至其小易則務爲寬簡歲終其課爲最徙知壽州壽近京師諸豪大商（一作姓）交結權貴（一本作豪又有恃其聲勢）號爲難治公居歲餘諸豪斂手莫（一作不）敢犯公法人亦莫見其以何術而然也（一本下有夫敢以法加諸豪乃彊吏之所能爾使諸豪不敢干其法此爲法之本意而人之難也故）公於壽尤有惠愛既去壽人遮留數日以一騎從二卒逃去過他州壽人猶有

追之者再遷主客員外郎判三司鹽鐵勾院是時李繼捧以銀夏五州歸朝廷其弟繼遷亡入磧中爲寇太宗遽遣繼捧往招之至則誘其兄以陰合卒復圖而因之自陝以西旣苦兵矣眞宗初即位益欲來以恩德許還其地使聽約束公獨以謂繼遷反覆一有如此字不可予繼遷已得五州後二年果叛圍靈武議者又欲予之公益爭以爲不可言雖不從眞宗知其材將召以知制誥而大臣有不可者乃已出爲京西轉運使王均伏誅奉使安撫西川誤留詔書于家其副潘惟岳一作吉教公上言渡吉栢江舟破亡之一有以可字

自解公曰爲臣而欺其君吾不能爲也乃上書自劾釋不問其後惟岳（一作吉）入見禁中道蜀事具言公所自劾者眞宗嗟歎久之繼遷兵既久不解丞相張齊賢經略環慶以西署公判官以從公曰西兵十萬皆屬王超超材既不可專任（一有以事）而兵多勢重非易可指麾若不得節度諸將事必不集眞宗難其言爲詔陝西聽經略使得自發兵而已（一無而已）公度言終不合乃辭行會召賜金紫公謝曰臣嘗言丞相其事未効不敢受賜由是貶黄州團練副使公已貶而王超兵敗繼遷破清遠軍朝廷卒亦棄靈州公貶逾年復爲

户部員外郎知泰州丁母憂服除拜吏部員外郎知泉州徙知蘇州又徙知揚州上疏論事語斥大臣尤切當時皆不悦又徙知鄂州坐知揚州一有日字悮入添支俸多一月雖嘗自言猶貶監江寧府酒稅用封禪恩累遷户部郎中大中祥符五年五月某日卒于官享年六十有六遺戒無以佛污我家人如其言公之曾祖諱某某官曾祖妣某氏某縣君祖諱某某官祖妣某氏某縣君考諱某某官妣某氏某縣君子男七人曰某一本曰某二字作某某等女若干人用其子易占恩再遷右諫議大夫初葬南豐之東園水壞其墓某年月日

改葬龍治（一作津）鄉之源（一作原）頭。慶曆六年夏，其孫鞏稱其父命以（一有公之事）來請曰：「願有述。」遂爲之述曰：維曾氏始出於鄫，鄫爲姒姓之國，微不知其始封。春秋之際，莒滅鄫，而子孫散亡。其在魯者，自別爲曾氏。蓋自鄫遠出於禹，歷商周千有餘歲，常微不顯。及爲曾氏，而藏、參、元、西始有聞于後世，而其後又晦。後千有餘歲而至於公（一作千有餘歲而又顯於公焉）。夫晦顯常相反覆（一作復），而世德之積者久，則其發也宜非一二世而止。矧公之有不得盡施，而有以遺其後世乎！是固不宜無銘者已。公當太宗、眞宗時，言事屢見聽用，自言西事不合而出遂以卒于外然在外所言（一本作然其在外所言尤多）如在朝廷而任言責者（一本無者）至其難言則人有所不敢言者予於其論議既不能盡載而亦有所不得載也取其初不見用久而益可思者（一本有將）特詳焉所以見公之志也銘曰

公於事明由學而知先知逆決（一本作逆決藏否）有若蓍龜告而不欺不顧從違初雖不信後必如之公所論議（一作議論）敢人之難古稱君子有德有言德畜不施言猶可聞銘而不朽公也長存

尚書度支郎中天章閣待制王公神道碑

銘并序

公諱質字子野其先大名莘人自唐同光初公之皇曾祖魯公舉進士第一顯名當時官至右拾遺歷（一有仕字）晉漢周而皇祖晉公益以文章有大名逮事太祖太宗官至兵部侍郎當眞宗時伯父文正公居中書二十餘年天下稱爲賢宰相令天子慶曆三年公與其弟素皆待制天章閣自同光至慶曆蓋百有二十餘年王氏更四世世世（一作代）有顯人或以文章或以功德公生累世富貴而操履甚於寒士性篤孝悌厚於朋友樂施與以賙人而妻子常不自給視榮利淡若

無意平居若疾病退然如不自勝及臨事介然一有不可回奪字有仁者之勇君子之剛樂人之善如自己出初范仲淹以言事貶饒州方治黨人甚急公獨扶病率子弟餞于東門留連數日大臣有以讓公曰長者亦爲此乎何苦自陷朋黨公徐對曰范公天下賢者顧某何敢望之然若得爲黨人公之賜某厚矣聞者爲公縮頸其爲待制之明年出守于陝又明年小人連搆大獄坐貶廢者十餘人皆公素所賢者聞之悲憤歎息或終日不食一本有語于人曰善人若此吾不樂在世矣因數劇飲大醉公既素病益以酒遂卒公初以廕補太常寺太

祝監都進奏院獻其文章召試賜進士及第校勘館閣書籍遂爲集賢校理通判蘇州州守黄宗旦負材自喜頗以新進少公議事則曰少年乃與丈人爭事耶公曰受命佐君事有當爭職也宗旦雖屢屈折而政常得無失稍德公助己爲之加禮宗旦得盜鑄錢者百餘人以詑（一作託）公公曰事發無跡何從得之曰吾以術（一有陰字）鉤出之公愀然曰仁者之政以術鉤人寘之死而又喜乎宗旦慚服悉縱出其獄始大稱公曰君子也判尚書刑部吏部南曹知蔡州始至發太姦吏一人去之繩諸豪猾以法與轉運使爭曲直事

有下而不便者皆格不用既去其害政者然後崇學校一以仁恕臨下其政知寬猛必使吏畏而民愛其爲他州州率大而難治必常有善政皆用此入爲開封府推官已而其兄雍爲三司判官公曰省府皆要職吾豈可兄弟居之求知壽州徙廬州盜有殺其徒而并其財者獲之寘于法大理駁曰法當原公以謂盜殺其徒而自首者原之所以疑壞其黨而開其自新若殺而不首既獲而亦原則公行爲盜而第殺一人既得兼其財又可以贖罪不獲則肆爲盜一本公行爲盜以相殺兼其財下獲則爲盜獲則引以自原如此盜不可止非法

意疏三上不能爭公嘆曰吾不勝法吏矣乃上書自劾請不坐佐吏公坐貶監靈仙宮其後議者更定不首之罪（一作其後韓集知審刑院議正首之罪）卒用公言議（一作爲）是而公貶猶不召資政殿學士鄭戩翰林學士葉清臣訟公無罪始起知泰（一本作秦）州遷荊湖北路轉運使當用（一作治）兵西方急於財用之時獨不進羨餘其賦斂近寬平治以常法故他路不勝其弊而荊湖之人自若（一作獨若平日）權知荊南府民有訟婚者訴曰貧無貲故後期問其用幾何以俸錢與之使婚獲盜竊人衣者曰（一本有平生不爲過）迫於飢寒而爲之公爲之哀憐取衣衣之

遣去荆人比公爲子産召爲史館修撰遂拜天章閣待制判吏部流内銓號爲稱職而於選法未嘗有所更易人或問之公曰選法具備如權衡在執者不欺其輕重耳何必屢更其法（一作器）是歲天子開天章閣召大臣問天下事以手詔責范公等（一本作是時天子感悟黨人説進用范公等在左右）而議事者爭言天下利害務欲更革諸事公獨無一言問之則曰吾病未能也公於榮利既薄臨禍福不爲喜懼其視世事若無一可以動其心者惟以天下善人君子亨否爲已休戚遂以此卒此其爲志豈小哉豈有（一作以）病而不能者哉公誠素病而

任之以事所至必皆有爲使其壽且不死而用其必一作如有所爲一本而任之大用其必大有爲於事豈其不欲空言而已一本已作無益者哉嗚呼公享年一作公年止四十有五官至度支郎中階朝奉大夫勳上護軍爵平晉男娶周氏某縣君生子某曾祖諱某祖諱某皆贈太師尚書中書令考諱某官至兵部郎中有賢行贈戶部尚書公以某年某月某日卒于陝某年某月某日葬于某所先塋之次銘曰

仕不爲利以行其仁處豐自薄而清厥身其仁誰思不在吏民其清孰似一作嗣以遺子孫一有生雖有止歿也長存銘

以昭之以告後人

袁州宜春縣令贈太師中書令兼尚書令冀國公程公神道碑銘并序

上即位之十有六年一有以字令鎮安軍節度使檢校太師同中書門下平章事程公自三司使吏部侍郎爲叅知政事乃詔有司寵其祖考於是贈其皇考故袁州宜春縣令爲太子少師公在政事遷尚書左丞又贈太子太師其爲資政殿學士工部尚書又贈太師中書令其爲宣徽北一作南院使武昌軍節度使又贈兼尚書令其爲武勝軍節度使同中書門下平章事

追封定國公徙鎮鎮安一作徙鎮安軍又追封冀國公惟董國一無此三字公諱某字某少舉明經仕不得志退居于家畜德不施貽其後世而相國太師實爲之子初以文學舉進士高第歷館閣掌制命儁德偉望顯于朝廷遂爲中丞執國之憲尹正京邑有聲蜀都乃由三司入與大政公亦自太常博士累贈兵部侍郎遂遷太師中書尚書令位皆一品有國定冀以啓其封雖發不自躬而其施益遠晦於一時而顯於百世蓋夫享于身者有時而止施于後者其燿無窮表于其鄉以勸爲善可謂仁人之利博矣惟程氏之先自重黎

歷夏商周而程伯休父始見於詩書其後世遠而分至唐定氏族而程氏之望分爲七中山之程蓋出於魏安鄉侯昱之後也公世爲中山博野人曾祖諱某祖諱某贈太師祖妣齊氏吴國夫人考諱某贈太師中書令妣吴氏秦國夫人當唐末五代天下亂於兵程氏再世不仕後唐長興三年公之皇考以神童舉官至太子贊善大夫宋興一本有天下一於今百年而程氏亦再顯太平興國初公之從祖羽佐太宗自晉王即皇帝位爲文明殿學士官至兵部侍郎今相國太師出入將相爲時名臣子孫蕃昌世族昭著推其所自

來者遠矣初公與其仲父象明同舉春秋皆中第是時從祖以給事中知開封府召公及象明謂曰吾新被寵天子待罪于此不欲子弟並登科一有選字使其自擇去就公因讓其從父自引去從祖頗賢之其後累舉不中從祖謂曰由我困汝退而使人察公無悔色由是大嗟異之以爲不可及太平興國五年遂以明經中第爲虔州贛縣尉蔡州上蔡主簿袁州宜春令所至皆有惠愛公事母至孝與其兄弟怡怡爲鄉里所稱而仕宦不求名譽爲贛縣尉七年不代既罷宜春遂不復仕退居于蔡州淳化三年七月某日一作甲子

以疾卒于家享年四十有九以天聖十年十一月某日（一作甲子）葬于鄭州管城縣馬亭鄉之北田村夫人楚氏追封晉國夫人子男五人長曰璀官至太常博士次曰瑗曰琬皆早卒次曰琳相國太師也次曰璞國子博士女一人適某人諸孫九人銘曰

邃矣程侯顓頊之苗始自重黎歷夏商周惟伯休父聲詩孔昭世不絶闕盛于有唐程分爲七三祖安鄉廣平中山以暨濟陽中山之程出自靈洗實昰裔孫仕于陳季陳滅散亡播而北遷公世中山爲博野人道德家潛孝悌邦聞不耀自躬以貽後昆惟後有人

將相文武有國寵章覆其考祖定冀之封實開土宇程世其隆公多孫子有畜其源發而孰禦刻銘高原以示來者

鎮安軍節度使同中書門下平章事贈太師中書令程公神道碑銘并序

惟文簡公既葬之二年其子嗣隆泣而言于一作於朝曰先臣幸得備位將相官階品皆第一爵勳皆第二請得立碑如令於是天子曰噫惟爾父琳有勞于我國家余其可忘乃大書曰旌勞之碑遣中貴人即賜其家曰以此名爾碑又詔史臣脩曰汝爲之銘臣脩

與文簡公故往來知其人又嘗誌其墓又嘗述其世德于冀公太師之碑得其世次官封功行最詳乃不敢辭惟公字天球姓程氏曾祖諱新贈太師曾祖妣吳國夫人齊氏祖諱贊明贈太師中書令祖妣秦國夫人吳氏考諱元白袁州宜春令贈太師中書令兼尚書令冀國公妣晉國夫人楚氏公舉大中祥符四年服勤詞學高第試秘書省校書郎泰寧軍節度推官改著作佐郎知并州壽陽縣秘書丞監左藏庫天禧中詔選文學履行召試直集賢院今天子即位遷太常博士三司戶部判官會修眞宗實録而起居注

闕命公追修大中祥符八年已後書成遂修起居注遷祠部員外郎提舉諸司庫務以本官知制誥同判吏部流内銓契丹嘗遣使賀上即位命公迓之使者妄有所言公折以理遂屈服其後又遣使賀天聖五年乾元節天子思公前嘗折其使乃以公爲館伴使使者果言契丹見中國使者坐殿上位次高而中國見契丹使者位下當遷議者以爲小故可許雖天子亦將許之公爭以謂契丹所以與中國好者守先帝約也一切宜用故事若許其小將啓其大天子是之乃止歲中遷右諫議大夫權御史中丞丞相張文節

公少所稱許，而最知公。方除中丞，文節當執筆，喜曰：「不辱吾筆矣。」明年，拜樞密直學士、知益州。公性方重寡言笑，凡所處畫，常先慮謹備，所以條目巨細甚悉。至臨事簡嚴，僚吏莫能窺其際。嘗夜張燈會，五門大集州民，而城中火起，吏知公教，不以白，而隨即救止。終宴，民去，始稍知火。監軍得告者言軍謀變，懼而入白公，笑曰：「豈有是哉！」監軍惶惑不敢去。公曰：「軍中動靜，吾自知之，苟有謀者，不能隱也。」已而卒無事。其他多類此。蜀妖人自名李冰神子，署官屬吏卒，以恐蜀人，公捕斬之，而謗者言公妄殺人，蜀且亂，天子遣人馳視之使者還言蜀人便公政方安樂而誅妖人所以止亂由是天子益知公賢召爲給事中知開封府前爲府者苦其治劇或不一無不字滿歲罷不然被謗譏或以事去獨公居數歲久而治益精明盜訟稀少獄屢空詔書數下褒美遷工部侍郎龍圖閣一有直字學士守御史中丞久之天子思其治召爲翰林一有侍讀字學士復知開封府明年爲三司使不悦苟利不貪近功時議者患民稅多目吏得爲姦欲除其名而合爲一公以謂合而没其名一時之便後有興利之臣必復增之是重困民也議者莫能奪其於出入尤謹禁中

時有所取未嘗肯予官官怒言陛下雖有一作所欲物在程某何可得公曰臣所以為陛下惜爾天子以為然累遷吏部侍郎景祐四年以本官參知政事一有遷尚書左丞公益自信不疑宰相有所欲私輒衆折之其語至今士大夫能道也初范仲淹以言事忤大臣貶饒州已而上悔悟欲復用之稍徙知潤州而惡仲淹者遽誣以事語入上怒亟命置之嶺南自仲淹貶而朋黨之論起朝士牽連出語及仲淹者皆指為黨人公獨為上開說上意解而後已是時元昊叛河西朝廷多故公在政事補益尤多而小人僥倖皆不便遂以

事中之坐貶爲光禄卿知潁州已而徙知青州又徙
大名府居一歲中遷户部吏部二侍郎尚書左丞資
政殿學士北京建遂以爲留守宦者皇甫繼明方用
事主治行宫務廣制度以市恩公爲裁抑之與繼明
章交上天子遣一御史往視之還直公天子爲罷繼
明獨委公以建都事公自知政事以論議不私見嫉
被貶斥已稍復見用遂與繼明爭曲直由是益不妄
合於世雖不復大用而契丹方遣使數有所求兵誅
元昊未克西北宿重兵公於是時天子常委以河北
陝西之重留守北京凡四年遷工部尚書資政殿大

學士河北安撫使慶曆六年拜武昌軍節度使陝西安撫使知永興軍府事明年加宣徽北院使鄜延路經略使馬步軍都部署判延州仍兼陝西安撫使皇祐元年加同中書門下平章事留守北京其於二方威惠信著尤知夷狄情僞山川險易行師制敵之要具在延州夏人數百驅畜産至界上請降言契丹兵至衙頭矣國且亂願自歸公曰契丹兵至元昊帳下當舉國取之豈容有來降者乎聞夏人方捕叛族此其是乎不然誘我也拒而不受已而夏人果以兵數萬臨界上公戒諸堡塞無得數（一作輒）出兵夏人以爲

有備引去自此不復窺邊公於河北最久民愛之爲立生祠明年改武勝軍節度使猶在北京又改鎮安軍節度使在鎮四年猶上書鎮安一郡爾不足以自効願復守邊書未報得疾以至和三年（一作嘉祐元年）閏三月七日己丑薨于陳州之正寢享年六十有九天子輟視朝二日贈中書令謚曰文簡（一本有以嘉祐二年十月十八日葬河南府伊闕縣神陰鄉張劉里）明年祫享太廟推恩加贈公太師尚書令公累階至開府儀同三司勳上柱國廣平郡爵公封户七千四百而實封貳阡壹伯賜號推誠保德守正翊戴功臣娶陳氏封衛（一作陳）國夫人子男四人

曰嗣隆太常博士嗣弼殿中丞嗣恭太常博士嗣先大理寺丞女五人皆適良族謹按程氏之先出自重黎至休父爲周司馬國於程其後子孫遂以爲氏自秦漢以來世有其人程氏必顯而各以其所居著姓後世因之至唐尤盛號稱中山程氏者皆祖魏安鄉侯昱公中山博野人也世有積德至公始大顯聞臣脩以謂古者功德之臣進受國寵退而銘於器物非獨私其後世所以不忘君命示國有人而詩人又播其事聲於詠歌以揚無窮今去古遠爲制不同而猶有幽堂之石隧道之碑得以紀德昭烈而又幸蒙天

子書而名之其所以照臨程氏恩厚寵榮出古遠其而臣又得刻銘其下銘臣職也懼不能稱銘曰

程以國氏世遠支分因居著姓各以其人公世中山在昔有聞克大自公厥聲以振乃秉國鈞乃授將鉞出入其勤險夷一節帝曰噫歟余有勞臣何以旌之有爛其文惟此勞臣實余同德憂國在心匪勞以力二方有事諸將無功俾我舊老不遑居中間息近藩庶休厥躬有請未一作嗇其報奄云其終歿而後已茲可謂忠惟帝之褒其言甚簡銘以述之萬世丕顯

居士集卷第二十一

熙寧五年秋七月男發等編定

紹熙二年三月郡人孫謙益校正

冀國程公神道碑遂遷少師中書尚書位皆一品朝佐考是時未置三少雖有太子少師乃非一品今諸本皆作少師當是筆誤合作太師羅本尚書下有令字令從之

程文簡公神道碑除中丞曰丞相張文節公當執筆喜曰不辱吾筆矣朝佐按文簡兩爲中丞其初在天聖五年九月時文節爲集賢相實當筆明年

三月文節薨後數年當明道二年十月文簡方再守中丞諸本誤載文節之言於再除之後惟羅氏本移附初除之下今從之又諸本作至和三年閏三月薨惟羅氏本作嘉祐元年朝佐按仁宗實録至和三年九月下詔改嘉祐元年則閏三月固宜繫之至和但史官例書新元則至和合盡二年羅氏本亦有所據

諫議大夫晉公碑遣使一有者字十萬一作十萬數某日卒一本書二十日再遷一作再贈龍治鄉治一作也

侍制王公入爲二字一作又嘗爲之時獨三字一作而近寬二字上一有務字曾祖諱徹祖諱祐考諱旭公以慶曆五年七月二十六日卒一本所書如此

贊國經公碑公諱元白祖諱新考諱贊明一本如此再世一作累世

經文僖公碑父之一作須之命置置一作寘被貶斥已一有而字來降者爭一無乎字堡塞一作保寨猶上書一有言字廣平郡三字上脫開國二字

居士集卷第二十二　歐陽文忠公集二十二

碑銘二首

太尉文正王公神道碑銘并序

至和二年七月乙未，樞密直學士右諫議大夫王素奏事殿中，已而泣且言曰：臣之先臣旦，相真宗皇帝十有八年，今臣素又得待罪侍從之臣，惟是先臣之訓，其遺業餘烈，臣實無似，不能顯大，而墓碑至今無辭以刻，惟陛下哀憐，不忘先帝之臣，以假寵於王氏，而勗其子孫。天子曰：嗚呼！惟汝父旦，事我文考真宗，叶德一心，克終厥位，有始有卒，其可謂全德元老矣。

汝素以是刻于碑素拜稽首（一有泣而）出明日有詔史館修撰歐陽脩曰王旦墓碑未立汝可以銘臣脩謹按故推誠保順同德守正翊戴功臣開府儀同三司守太尉充玉清昭應宫使上柱國太原郡開國公贈太師尚書令兼中書令追封魏國公（一作上柱國魏國公食邑一萬三千戶食實封六千五百戶贈太師尚書令）謚曰文正王公諱旦字子明大名莘人也皇曾祖諱言滑州黎陽令追封許國公皇祖諱徹左拾遺追封魯國公皇考諱祜尚書兵部侍郎追封晉國公皆累贈太師尚書令兼中書令曾祖妣姚氏魯國夫人祖妣田氏秦國夫人妣任氏徐國

夫人邊氏秦國夫人公之皇考以文章自顯漢周之際逮事太祖太宗為名臣甞諭杜重威使無反漢拒盧多遜害趙普之謀以百口明符彥卿無罪故世多稱王氏有陰德公之皇考亦自植三槐于庭曰吾之後世必有為三公者此其所以志也公少好學有文太平興國五年進士及第為大理評事知臨一作江平縣監潭州銀場再遷著作佐郎與編文苑英華遷殿中丞通判鄭濠二州王禹偁薦其材任轉運使驛召至京師辭不受獻其所為文章得試直史館遷右正言知制誥知淳化三年禮部貢舉遷虞部員外郎同

判吏部流内銓知考課院右諫議大夫趙昌言㕘知
政事公以壻避嫌求解職太宗嘉之改禮部郎中集
賢殿修撰昌言罷復知制誥仍兼修撰判院事召賜
金紫久之遷兵部郎中居職眞宗即位拜中書舍人
數日召爲翰林學士知審官院通進銀臺封駮事公
爲人嚴重能任大事避遠權勢不可干以私由是眞
宗益知其賢錢若水名能知人常稱公曰眞宰相器
也若水爲樞密副使罷召對苑中問誰可大用者若
水言公可（一有用字一有大用二字）眞宗曰吾固已知之矣咸平
三年又知禮部貢舉居數日拜給事中知樞密院事

明年以工部侍郎參知政事再遷刑部侍郎景德元年契丹犯邊眞宗幸澶州雍王元份留守東京得暴疾命公馳自行在代元份留守二年遷尚書左丞三年拜工部尚書同中書門下平章事集賢殿大學士監修國史是時契丹初請盟趙德明亦納誓約願守河西故地二邊兵罷不用眞宗遂欲以無事治天下公以謂宋興三世祖宗之法具在故其爲相務行故事慎所改作進退能否賞罰必當眞宗久而益信之所言無不聽雖他宰相大臣有所請必曰王某以謂如何事無大小非公所言不决公在相位十餘年外

無夷狄之虞兵革不用海内富實羣工百司各得其職故天下至今稱為賢宰相公於用人不以名譽必求其實苟賢且材一作能矣必久其官而一無而字衆以為宜其職然後遷其所薦引人未嘗知寇準為樞密使當罷使人私一作告公求為使相公大驚曰將相之任豈可求邪且吾不受私請準深恨之已而制出除準武勝軍節度使同中書門下平章事準入見泣涕曰非陛下知臣何以至此真宗具道公所以薦準者準始媿歎以為不可及故參知政事李穆子行簡有賢行以將作監丞居于家真宗召見慰勞之遷太子中

允初遣使者召之（一無之字）不知其所止眞宗命至中書問王某然後人知行簡公所薦也公自知制誥至爲相薦士尤多其後公薨史官修眞宗實録得内出奏章乃知朝廷之士多公所薦者公與人寡言笑其語雖簡而能以理屈人默然終日莫能窺其際及奏事上前羣臣異同公徐一言以定今上爲皇太子太子諭德見公稱太子學書有法公曰諭德之職止於是邪趙德明言民飢求糧百萬斛大臣皆曰德明新納誓而敢違請以詔書責之眞宗以問公公請勑有司具粟百萬於京師詔德明來取眞宗大喜德明得詔

書慚且拜曰朝廷有人大中祥符中天下大蝗眞宗使人於野得死蝗以示大臣明日他宰相有袖死蝗以進者曰蝗實死矣請示于一作於朝率百官賀公獨以爲不可後數日方奏事飛蝗蔽天眞宗顧公曰使百官方賀而蝗如此豈不爲天下笑邪宦者劉承規一作珪以忠謹得幸病且死求爲節度使眞宗以語公曰承規一作珪待此以瞑目公執以爲不可曰他日將有求爲樞密使者柰何至今內臣官不過留後公任事久人有謗公於上者公輒引咎未嘗自辨至人有過失雖人主盛怒可辨者辨之必得而後已榮王宮

火延前殿，有言非天災，請置獄劾火事，當坐死者百餘人。公獨請見曰：「始失火時，陛下以罪己詔天下，而臣等皆上章待罪。今反歸咎於人，何以示信？且火雖有迹，寧知非天譴邪？」由是當坐者皆免。日者上書言宮禁事，坐誅，籍其家，得朝士所與往還占（一作書）問吉凶之說。眞宗怒，欲付御史問狀。公曰：「此人之常情，且語不及朝廷，不足罪。」眞宗怒不解，公因自取嘗所占問之書進曰：「臣少賤時不免為此，必以為罪，願幷臣付獄。」眞宗曰：「此事已發，何可免？」公曰：「臣為宰相執國法，豈可自為之，幸於不發，而以罪人？」眞宗意解。公至中書悉焚所得書既而真宗悔復馳取之公曰臣已焚之矣由是獲免者衆公累官至太保以病求罷入見滋福殿真宗曰朕方以大事託卿而卿病（一作疾）如此因命皇太子拜公公言皇太子盛德必任陛下事因薦可為大臣者十餘人其後不至宰相者李及凌策二人而已然亦皆為名臣公屢以疾請真宗不得已拜公太尉兼侍中五日一朝視事遇軍國大事不以時入參決公益惶恐因卧不起以疾懇辭冊拜太尉玉清昭應宮使自公病使者存問日常三四真宗手自和藥賜之疾亟遽幸其第賜以白金五千兩辭

不受以天禧元年九月癸酉薨于家享年六十有一。眞宗臨哭輟視朝三日發哀于苑中其子弟門人故吏皆被恩澤即以其年十一月庚申葬公於開封府開封縣新里鄉大邊村公娶趙氏封榮國夫人後公五年卒子男三人長曰司封郎中雍次曰贊善大夫沖次曰素女四人長適太子太（一作少）傅韓億次適兵部員外郎直集賢院蘇耆次適右正言范令孫次適龍圖閣直學士兵部郎中呂公弼（一本有諸孫十四人）公事寡嫂謹與其弟旭相（一無相字）友悌尤篤任以家事一無所問而務以儉約率勵子弟使在富貴不知爲驕侈（一作後兄子睦欲舉進士公曰吾常以大大作盛為懼其可與寒士爭進至其甍也子素猶未官遺表不求恩澤有文集二十卷乾興元年詔配享真宗廟庭臣脩曰景德祥符之際盛矣觀公之所以相而先帝之所以用公者可謂至哉是以君明臣賢德顯名尊生而俱享其榮歿而長配於廟可謂有始有卒如明詔所褒昔者烝民江漢推大臣下之事所以見任賢使能之功雖曰山甫穆公之詩實歌宣王之德也臣謹考國史實録至於搢紳故老之傳得公終始之節而録其可紀者輙聲一無聲字為銘詩昭示後世一無上以四字彰

先帝之明以稱聖恩褒顯王氏流澤子孫與宋無極之意銘曰

烈烈魏公相我真宗真廟翼翼魏公配食公相真宗不言以躬時有大事事有大疑匪卜匪筮公爲蓍龜公在相位終日如默問其夷狄包裹兵華問其卿士百工以職問其庶民耕織衣食相有（一作所）賞罰功當罪明相所（一作有）黜升惟否惟能執其權衡萬物之平孰不事君胡能必信孰不爲相其誰有終公薨于位太尉之崇天子孝思來薦清廟侑我聖考惟時元老天子念功報公之隆春秋從享萬祀無窮作爲詩歌

以諗廟工

觀文殿大學士行兵部尚書西京留守贈司空兼侍中晏公神道碑銘并序

至和元年六月觀文殿大學士行兵部尚書西京留守臨淄公以疾歸于京師八月疾少間入見天子曰噫予舊學之臣也乃留侍講邇英閣詔五日一朝前殿明年正月疾作不能朝敕一作飭太醫朝夕往視有司除道將幸其家公歎曰吾無狀乃以疾病憂吾君即馳奏曰臣疾少間行愈矣乃止其月丁亥以公薨聞天子震悼亟臨其喪以不即視公爲恨贈公司空兼

侍中謚曰元獻有司請輟視朝一日詔特輟二日以其年三月癸酉葬公于許州陽翟縣麥秀鄉之北原既葬賜其墓隧之碑首曰舊學之碑既又勑史臣脩考次公事具書于碑下臣脩伏讀國史見眞宗皇帝時天下無事天子方推讓功德祠祀天地山川講禮樂以文頌聲而儒學文章儁賢偉異之人出公世家江西之臨川年始十四一日起田里進見天子時方親閲天下貢士會廷中者千餘人與夫宫臣衛官讙列園視公不動聲氣操筆爲文辭立成以獻天子嘉賞賜同進士出身遂登館閣掌書命以文章爲天下

所宗遠陛下養德東宮先帝選用臣屬即以公遺陛下由王官宮臣卒登宰相凡所以輔道聖德憂勤國家有舊有勞自始至卒五十餘年公既薨而先帝之名臣與陛下東宮之舊人皆無在者宜其襃寵優異比公甘盤臣脩幸得執筆史官奉明詔謹昧死上臨淄公事曰公諱殊字同叔姓晏氏其世次晦顯徙遷不常自其高祖諱墉唐咸通中舉進士卒官江西始著籍于高安其後三世不顯曾祖諱延昌又徙其籍于臨川祖諱郜追封英國公考諱固追封秦國公自曾祖巳下皆用公貴累贈開府儀同三司太師中書

令兼尚書令曾祖妣張氏陳國太夫人祖妣傅氏許國太夫人妣吴氏唐（一作越）國太夫人公生七歲知學問（一作始學知）爲文章鄉里號爲神童故丞相張文節公安撫江西（一作南）得公以聞眞宗召見既賜出身後二日又召試詩賦論公徐啓曰臣嘗私習此賦不敢隱眞宗益嗟異之因試以佗題以爲秘書省正字置之秘閣使得悉讀秘書命故僕射陳文僖公視其學明年獻其所爲文召試中書遷太常寺奉禮郎封祀太山推恩遷光禄寺丞數月充集賢校理明年遷著作佐郎丁父憂去官已而眞宗思之即其家起復命誰

南發運使具舟送之（一作至）京師從祀太清宮賜緋衣銀魚同判太常禮院又丁母憂求去官服喪不許令天子始封昇王公以選爲府記室參軍再遷左正言直史館令天子爲皇太子以戶部員外郎充太子舍人賜金紫知制誥判集賢院遷翰林學士充景靈宮判官太子左庶子兼判太常寺知禮儀院公旣以道德文章佐佑東宮眞宗每所諮訪多以方寸小紙細書問之由是參與機密凡所對必以其藳進示不洩其後悉閱眞宗閣中遺書得公所進藳類爲八十卷藏之禁中人莫之見也初眞宗遺詔章獻明肅太后

權聽軍國事宰相丁謂樞密使曹利用各欲獨見奏事無敢決其議者公建言羣臣奏事太后者垂簾聽之皆毋得見議遂定乾興元年拜右諫議大夫兼侍讀學士遷給事中景靈宮副使判吏部流内銓以易侍講崇政殿遷禮部侍郎知審官院爲樞密副使遷刑部侍郎上疏論張耆不可爲樞密使由是忤太后旨坐以笏擊其僕悮折其齒罷留守南京大興學校以教諸生自五代以來天下學廢興自公始召拜御史中丞改兵部侍郎兼秘書監資政殿學士翰林侍讀學士知天聖八年禮部貢舉明年爲三司使復爲

樞密副使，未拜，改叅知政事，遷尚書左丞。太后謁太廟，有請服袞冕者，太后以問公，公以周官后服對。太后崩，大臣執政者皆罷（一有以字），公爲禮部尚書、知亳州，徙知陳州，遷刑部尚書，復召爲御史中丞，又爲三司使，知樞密院事，拜樞密使，再加檢校太尉、同中書門下平章事。慶曆三年三月，遂以刑部尚書居相位，充集賢殿大學士，兼樞密使。自公復召用，而趙元昊反，師出陜西，天下弊於兵，公數建利害，請罷監軍，無以陣圖授諸將，使得應敵爲攻守，及制財用爲（一無爲字）出入之要，皆有法。天子悉爲施行，自宮禁先以率天下而財賦之職悉歸有司卒能以謀臣元昊使聽約束乃還其王號公爲人剛簡遇人必以誠雖處富貴如寒士鐏酒相對歡如也得一善稱之如己出當世知名之士如范仲淹孔道輔等皆出其門及爲相益務進賢材當公居相府時范仲淹韓琦富弼皆進用至於臺閣多一時之賢天子既厭西兵閔天下困弊奮然有意遂欲因羣材以更治數詔大臣條天下事方施行而小人權倖皆不便明年秋會公以事罷而仲淹等相次亦皆去事遂已公既罷以工部尚書知潁州徙知陳州又徙許州三遷户部尚書拜觀文殿大

學士知永興軍充一路都部署安撫使徙知河南府兼西京留守累進階至開府儀同三司勳上柱國爵臨淄公食邑萬二千户實封三千七百户公享年六十有五自少篤學至其病亟猶手不釋卷有文集二百四十卷嘗奉勑修上訓及真宗實録又集類古今文章爲集選二百卷其（公一作）爲政敏而務以簡便其民其於家嚴子弟之見有時事寡姊孝謹未嘗爲子弟求恩澤其在陳州上問宰相曰晏某居外未嘗有所請其亦有所欲邪宰相以告公公自爲表問起居而已故其薨也天子尤哀悼之賜予加等以其子承

一作成下同裕爲崇文院檢討孫及甥之未官者九人皆命以官公初娶李氏工部侍郎盧巳之女次孟氏屯田員外郎盧舟之女封鉅鹿郡夫人次王氏太師尚書令超之女封榮國夫人子八人長曰居厚大理評事早卒次承裕尚書屯田員外郎宣禮贊善大夫崇讓著作佐郎明遠祗德皆大理評事幾道傳正皆太常寺太祝女六人長適戶部侍郎同中書門下平章事富弼次適禮部侍郎三司使楊察其四尚幼孫十有二一作三人公既樂善而稱爲知人士之顯于朝者多公所薦達至擇其女之所從又得二人者如此有一

嗚字吁可謂賢也已銘曰

有姜之裔齊爲晏氏齊在春秋晏顯諸侯傳載桓子嬰稱于丘其後無聞不亡僅存有煒自公厥聲以振公之顯聲實相天子天子曰噫予考眞宗唯多名臣以臻盛隆汝初事我王官東宮以暨相予始卒一躬輔我以德有勞于邦公疾在外來歸自洛天子曰留汝予舊學凡今在庭莫如汝舊孰以畀予唯予聖考今既亡矣孰爲予老何以贈之司空侍中禮則有加予思何窮有篆其文在其碑首天子之褒史臣有詔銘以述之永昭厥後

居士集卷第二十二

熙寧五年秋七月男發等編定

紹熙二年三月郡人孫謙益校正

廣韻注誤字云謬誤又注悮字云上同禮部韻始以誤爲謬以悮爲欺居士集第二卷鎮陽讀書詩云悮蒙天子知其它詩文大率用此悮字蓋以誤悮古人通用也今晏公碑乃王洙奉勑書洙於字

學最精其書惧以笏擊僕齒字亦從心後人多改從言過矣碑云道德文學而印本作文章次子名成裕印本作承裕題銜加推忠保德功臣六字皆當以碑為正

碑銘二首

忠武軍節度使同中書門下平章事武恭王公神道碑銘并序

惟王氏之先爲常山真定人，後世葬河南密，而密分入于管城，遂爲鄭州管城人。其封國仍世于魯。惟魯武康公事太宗皇帝，秉節治戎，出征入衛，乃受遺詔輔真宗，有勞有勤，報卹追崇，以有茲魯國。是生魯武恭公。公少以父任爲西頭供奉官。至道二年，遣五將討李繼遷，公從武康公出鐵門，爲先鋒，殺獲甚衆。軍至烏白池諸將失期不得進公告其父曰歸師過險爭必亂乃以兵前守隘號其軍曰亂行者斬由是士卒無敢先後雖武康公亦爲之按轡追兵望其軍整不敢近武康公歎曰王氏有子矣後以御前忠佐爲軍頭巡檢邢洺男子張洪霸聚盜二州間歷年吏不能捕公以氈車載勇士爲婦人服盛飾誘之邯鄲道中賊黨爭前邀劫遂皆就擒由是知名公以將家子宿衛眞宗爲内殿直殿前左班都虞候捧日左廂都指揮使累遷英州團練使今天子即位改博州團練使知廣信軍徙知冀州遷康州防禦使歷龍神衛捧

日天武四廂都指揮使侍衛親軍步軍馬軍殿前都虞候步軍副都指揮使桂福二州觀察使是時章獻太后猶臨朝有詔補一軍吏公曰補吏軍政也敢挾詔書以干吾軍亟請罷之太后固欲與之公不奉詔乃止及太后上僊有司請衛士坐甲公以爲故事無爲太后喪坐甲又不奉詔於是天子知（一作以）公可任大事明道二年拜檢校太保簽署樞密院事遂爲副使明年以奉國軍留後同知院事又明年領安德軍節度使又明年加檢校太尉宣徽南院使公爲將善撫士而識與不識皆喜爲之稱譽其狀貌雄偉動人雖

里兒巷婦外至夷狄皆知其名氏御史中丞孔道輔等因事以為言乃罷公樞密拜武寧軍節度使言者不已即以為右千牛衛上將軍知隨州士皆為之懼公舉止言色如平時惟不接賓客而已久之徙知一作公曹州而孔道輔卒客有謂公曰此害公者也公愀然曰孔公以職言事豈害我者可惜朝廷亡一直臣於是言者終身以為愧而士大夫服公為有量慶曆二年起公為保靜軍留後知青州未行而契丹聚兵幽涿遣使者有所求自河以北皆警乃拜公保靜軍節度使知澶州契丹使者過澶州見公喜曰聞公名

久矣乃得見於此邪公爲言巳衰老中國多賢士大夫因指坐客歷陳其世家使者竦聽是歲徙眞定府定州等路都部署改宣徽南院使判成德軍未行徙判定州兼三路都部署公治其軍無撓其私亦不貸其過居頃之士皆可用契丹使人覘其軍或勸公執而戮之公曰吾軍整而和使覘者得吾實以歸是屈人兵以不戰也明日大閱于郊公執桴鼓誓師號令簡明進退坐作肅然無聲乃下令曰具糗糧聽鼓聲視吾旗所鄉契丹聞之震恐會復議和兵解徙知陳州道過京師天子遣中貴人問公欲見否公謝曰備

邊無功幸得蒙恩徙内地不敢見明年徙河陽不行以宣徽使奉朝請已而出判相州六年拜同中書門下平章事判澶州明年徙鄭州封祁國公又明年乞骸骨不許以爲會靈觀使已而復判鄭州徙澶州除集慶軍節度使徙封冀國公皇祐三年遂以太子太師致仕大朝會許綴中書門下班居一歲天子思之起爲河陽三城節度使同中書門下平章事判鄭州六年以本官爲樞密使徙封魯國公既而上以富公弼爲宰相是歲契丹使者來公與之射使者曰天子以公典樞密而用富公爲相得人矣語聞上喜賜公

御弓一矢五十公善射至老不衰嘗侍上射辭曰幸得備位大臣舉止爲天下所視臣老矣恐不能勝弓矢上再三諭之乃手二矢再拜一發中之遂將釋復位上固勉之再發又中由是左右皆讙呼賜以襲衣金帶自寶元慶曆之間元昊叛河西兵出一無出字久無功士大夫爭進討策多所改作公笑曰柰何紛紛兵法不如是也使士知畏愛而怯者勇勇者不驕以吾可勝因敵而勝之爾豈多言哉其在樞密亦嘗自請臨邊不許凡大謀議必以咨之其在外則遣中貴人詔問其言多見施用公自致仕復起掌樞密凡三歲

以老求去位至六七上為之不得已以為景靈宮使徙忠武軍節度使又以為同羣牧制置使五日一朝給扶者以子若孫一人是歲公年七十有八矣明年二月辛未以疾薨于（一作於）家詔輟視朝二日發哀于苑中贈太尉中書令其遺言曰臣有俸祿足以具死事不敢復累朝廷願無遣使者護喪無厚賻贈天子惻然哀其志以黃金百兩白金三千兩賜其家固辭不許以其年五月甲申葬于管城明年有詔史臣刻其墓碑臣愚以謂自國家西定河湟北通契丹罷兵不用幾四十年一日元昊叛幽燕亦犯約二邊騷動

而老臣宿將無在者公於是時屹然爲中國鉅人名將雖未嘗躬矢石攻堅摧敵而恩信已足撫士卒名聲已足動四夷遂登朝廷典掌機密以老還仕復起于家保有富貴享終壽考雖古之將帥及于是者其幾何人至於出入勤勞之節與其進退綢繆君臣之恩意可以褒勸後世如古詩書所載皆應法可書一作紀

謹按魯武恭公諱德用字元輔曾祖諱方追封蔣國公祖諱玄追封邢一作邢國公皆贈中書令父諱超建雄軍節度使贈尚書令一有中書令追封魯國公謚曰武康公娶宋氏武勝軍節度使延渥之女初爲安定

郡夫人追封榮國公夫人五男四女男曰咸熙東頭供奉官蚤卒次曰咸融西京左藏庫使果州團練使次曰咸庶一作度內殿崇班早卒次曰咸英供備庫副使次曰咸康內殿承制銘曰

魯始錫封以襄武康爰暨武恭乃克有邦桓桓武恭其容甚飭偉其名聲以動夷狄公治軍旅不寬不煩恩均令齊千萬一人公在朝廷出守入衛乃登大臣與國謀議公曰老矣乞臣之身帝曰休哉汝予舊臣亟其强起秉我樞鈞禮不觔力老予敢侮公來在庭拜毋蹈舞若子與孫助其興俯凡百有位誰其敢儔

惟時黄耇天子之優富貴之隆亦有能保孰享其終如公壽考公有世德載勳旂常刻銘有詔俾嗣其芳

贈刑部尚書余襄公神道碑銘 并序

始興襄公既葬于曲江之明年其子仲荀走于亳以來告曰余氏世爲閩人五代之際逃亂于韶自曾高以來晦迹嘉遁至于博士府君始有禄仕而襄公繼之以大曲江僻在嶺表自始興張文獻公有聲于唐爲賢相至公復出爲宋名臣蓋余氏徙韶歷四世始有顯仕而曲江寂寥三百年然後再有聞人惟公位登天臺正秩三品遂有爵土開國鄉州以繼美前哲

而爲韶人榮至於褒卹贈謚始終之寵盛矣蓋襃有詔卹有物贈有告而謚行考功有議有狀合而誌之以閟諸幽有銘可謂備矣惟是螭首龜趺揭于墓隧以表見於後世而昭示其子孫者宜有辭而闕焉敢以爲請謹按余氏韶州曲江人曾祖諱某祖諱某皆不仕父諱某太常博士累贈太常少卿公諱靖字安道官至朝散大夫守工部尚書集賢院學士知廣州軍州事兼廣南東路兵馬鈐轄經略安撫使柱國始興郡開國公食邑二千六百户食實封二百户治平元年自廣朝京師六月癸亥以疾薨于金陵天子惻

然輟視朝一日賻以粟帛贈刑部尚書謚曰襄明年七月某甲子返葬于曲江之龍歸鄉成山之原公爲人質重剛勁而言語恂恂不見喜怒自少博學强記至於歷代史記雜家小説陰陽律曆外暨浮屠老子之書無所不通天聖二年舉進士爲贛縣尉書判拔萃改將作監丞知新建縣再遷秘書丞刊校三史充集賢校理天章閣待制范公仲淹以言事觸宰相得罪諫官御史不敢言公疏論之坐貶監筠州酒税稍徙泰州已而天子感悟亟復用范公而因之以被斥者皆召還惟公以便親乞知英州遷太常博士丁母

憂服除遂還爲集賢校理同判太常禮院景祐慶曆之間天下怠於久安吏習因循多失職及趙元昊以夏叛師出久無功縣官財屈而民重困天子赫然思振頽弊以修百度既已更用二三大臣又增置諫官四員使言天下事公其一人也即改右正言供職公感激奮勵遇事輒言無所迴避姦諛權倖屏息畏之其補益多矣然亦不勝其怨嫉也慶曆四年元昊納誓請和將加封册而契丹以兵臨境上遣使言爲中國討賊且告師期請止毋與和朝廷患之欲聽重絶夏人而兵不得息不聽生事北邊議未决公獨以謂

中國猒兵久矣此契丹之所幸一日使吾息兵養勇非其利也故用此以撓我爾是不可聽朝廷雖是公言猶留夏冊不遣而假公諫議大夫以報公從十餘騎馳出居庸關見虜於九十九泉從容坐帳中辯言一作折往復數十卒屈其議取其要領而還朝廷遂發夏冊臣元昊西師既解嚴而北邊亦無事是歲以本官知制誥史館修撰而契丹卒自攻元昊明年使來告捷又以公往報坐習虜語出知吉州怨家因之中以事左遷將作少監分司南京公怡然還鄉里闔門謝賓客絶人事凡六年天子每思之欲用者數矣大

臣有不喜者弟遷光祿少卿于家又以爲其一本作右領軍衛將軍壽州兵馬鈐轄辭不拜皇祐二年祀明堂覃恩遷衛尉卿明年知虔州丁父憂去官而蠻賊儂智高陷邕州連破嶺南州縣圍廣州乃即廬中起公爲秘書監知潭州即日疾馳在道改知桂州廣南西路經略安撫使公奏曰賊在東而徙臣西非臣志也天子嘉之即詔公經制廣東西賊盜乃趨廣州而智高復西走邕州自智高初起交阯請出兵助討賊詔不許公以謂智高交阯叛者宜聽出兵毋沮其善意累疏論之不報至是公曰邕州與交阯接境今不納必

忿而反助智高乃以便宜趣交趾會兵又募儂黃諸姓酋豪皆縻以職與之誓約使聽節制或疑其不可用公曰使不與智高合足矣及智高入邕州遂無外援既而宣撫使狄青會公兵敗賊於歸仁智高走入海邕州平公請復終喪不許諸將班師以智高尚在請留公廣西委以後事遷給事中諫官御史列疏言公功多而賞薄再遷尚書工部侍郎公留廣西逾年撫緝完復嶺海肅然又遣人入特磨襲取智高母及其弟一人俘于京師斬之拜集賢院學士久之徙知潭州又徙青州再遷吏部侍郎嘉祐五年交趾寇

邕州殺五巡檢天子以謂恩信著於嶺外而爲交趾所畏者公也驛召以爲廣西體量安撫使悉發荆湖兵以從公至則移檄交趾召其臣費嘉祐詰責之嘉祐皇恐對曰種落犯邊罪當死願歸取首惡以獻_{一本作留}即械五人送欽州斬于界上公還邕人遮道留之不得明年以尚書左丞知廣州英宗即位拜工部尚書代還道病卒享年六十有五公經制五管前後十年凡治六州所至有惠愛雖在兵間手不釋卷有文集二十卷奏議五卷三史刋誤四十卷娶林氏封魯郡夫人子男三人伯莊殿中丞早卒仲荀今爲屯田

員外郎叔英太常寺太祝女六人皆適士族孫一本有男四人孫女五人銘曰

余遷曲江仍世不顯奮自襄公有聲甚遠始興開國龔美于前兩賢相望三百年間偉歟襄公惟邦之直始登于朝官有言責左右獻納姦諛屏息慶曆之治實多補益逢時有事奔走南北功書史官名在夷狄出入艱勤險夷一德小人之讒公廢于里一方有警公起于家威行信結嶺海幽遐公之在焉帝不南顧胡召其還殞于中路返柩來歸韶人負土伐石刻辭立于墓門以貽來世匪止韶人

居士集卷第二十三

熙寧五年秋七月男發等編定

紹熙二年三月郡人孫謙益校正

王武恭公碑

河南密此下一有縣字過險一作遇險號其軍一作號令其軍能捕一作敢捕

余襄公碑

曾祖諱從祖諱榮父諱慶一本如此兵馬鈐轄鈐字上一有都字某甲子一作乙酉成山一作成家山猶留猶字上一有然字某衛將軍一作雅州刺史嘉之一作喜之廣東西一作廣南東西入海一作

峒太常寺太祝一作大理評事皆適士族一作長適曠方員外郎郭師愈次適屯田員外郎孫郎次適宿州觀察支使周熊次適祕書省校書郎章惇裕次適越州上虞縣主簿張元淳二尚幼孫男四人一作七人嗣恭嗣昌皆大理評事嗣隆太常寺奉禮郎嗣徽嗣光嗣立嗣京夫仕

右石本所書較集本爲詳蓋刻時所增

居士集卷第二十四　歐陽文忠公集二十四

墓表八首

石曼卿墓表

曼卿諱延年，姓石氏，其上世為幽州人。幽州入于契丹，其祖自成始以其族閒走南歸。天子嘉一作喜其來，將禄之，不可，乃家于宋州之宋城。父諱補之，官至太常博士。幽燕俗勁武，而曼卿少亦以氣自豪，讀書不治章句，獨慕古人奇節偉行非常之功，視世俗屑屑無足動其意者。自顧不合於時，乃一混以一作于酒，然好劇飲大醉，頹然自放，由是益與時不合。而人之從其遊者皆知愛曼卿落落可奇而不知其才之有以用也年四十八康定二年二月四日以太子中允秘閣校理卒于京師曼卿少舉進士不中（一有第字）眞宗推恩三舉進士皆補奉職曼卿初不肯就張文節公素奇之謂曰母老乃擇禄耶曼卿矍然起就之遷殿直久之改太常寺太祝知濟州金鄉縣歎曰此亦可以為政也縣有治聲（一有用薦者三字）通判乾寧軍丁母永安縣君李氏憂服除通判永靜軍皆有能名充館閣校勘累遷大理寺丞通判海州還為校理莊獻明肅（一有皇字）太后臨朝曼卿上書清還政天子其後太后崩范

諷以言見幸引嘗言太后事者遼得顯官欲引曼卿曼卿固止之乃已自契丹通中國德明盡有河南而臣屬遂務休兵養息天下然内外弛武三十餘年曼卿上書言十事不報已而元昊反西方用兵始思其言召見稍用其説籍河北（一無二字）河東陜西之民得鄉兵數十萬曼卿奉使籍兵河東還稱旨賜緋衣銀魚天子方思盡其才而且病矣既而聞邊將有欲以鄉兵扞賊者笑曰此得吾粗也夫不教之兵勇怯相雜若怯者見敵而動則勇者亦牽而潰矣今或不暇教不若募其敢行者（一有用字）則人人皆勝兵也其視世事

蔑若不足為及聽其施設之方雖精思深慮不能過也狀貌偉然喜酒自豪若不可繩以法度退而質其平生趣（一作取）舍大節無一悖于理者遇人無賢愚皆盡忻歡（一作歡忻）及聞而可不天下是非善惡當其意者無幾人其為文章勁健稱其意氣有子濟滋天子聞其喪官其一子使禄其家既卒之三十七日葬于太清之先塋其友歐陽脩表於其墓曰

嗚呼曼卿寧自混以為高不少屈以合世可謂自重之士矣士之所負者愈大則其自顧也愈重自顧愈重則其合愈難然欲與共大事立奇功非得（一無得字）難

合自重之士不可爲也古之魁雄之人未始不負高世之志故寧或毀身汚迹卒困於無聞或老且死而幸一遇猶克少施於世若曼卿者非徒與世難合而不克所施亦其不幸不得至乎中壽其命也夫其可哀也夫

尚書屯田員外郎李君墓表

漢水東至乾德匯而南民居其衝水悍暴而岸善崩然其民尤畱完其下南山（一作山南）之材治室屋聚居蓋數千家皆安然易漢而自若者以有石隄爲可恃也景祐五年余始爲其縣令既行漢上臨石隄問其長

老皆曰吾李君之作也於是喟然而歎求李君者得其孫厚厚舉進士好學能自言其世云李氏貝州清河人君舉進士中淳化三年乙科鎮州眞定主簿齊化基爲吏以強察自喜惡君廉直不爲屈多求事可釀爲罪者責君理之君辨愈明不可污卒服其能反薦之遷威虜軍判官秩滿（一無二字）河北轉運使又薦爲冀州軍事判官逾年（一無二字）吏部考（一無此字）籍凡四較考者外皆召還公考當召是時契丹侵邊冀州獨乞留君督軍餉課爲最多遷大理寺丞乘傳治（一作理）壁州疑獄既還轉運使又請通判冀州督旁七縣軍餉課

尤多而民不勞遭歲饑悉出庾粟以貸民且曰歲豐甚必復使豐而歸諸庾是化吾朽積而為新乃兩利也轉運使以為然因請君益貸貝魏滄■諸州後歲果豐饑民德君粟歸諸庾無後者蓋賴而活者數十萬家（一本有居三年）轉運使上冀人言乞留許留一歲就拜殿中丞歲滿將去冀民夜私入其府塹其居若不可出君諭之乃得去通判河南（一有府字）未行契丹兵梢邢洺天子擇吏之能者改君通判邢州其守（一無二字）趙守一當守邢以扞寇辭不任邢事天子曰李某佐汝可無患守一至邢悉以州事任君御史中丞王嗣宗辟

推直官遂薦爲御史以疾不拜求知光化軍作所謂石隄者孫何薦其材拜三司戶部判官改知建州皆以疾辭又求知漢陽軍居三歲而漢陽之獄空者二歲卒以疾解退居于漢旁大中祥符六年五月某日卒于家遂葬縣東遵教鄉之友于村子孫因留家焉君諱仲芳字秀之享年五十有三（一作二）官至尚書屯田員外郎君爲人敦敏而材以疾中止（一有善不享其厚用不既其能）余聞古之有德於民者歿則鄉人祭於其社今民既不能祠君于（一作於）漢之（一無之字）旁而其墓幸在其縣余令也又不表以示民嗚呼其何以章乃德俾其孫

刻石于隧以永君之揚一作賜

內殿崇班薛君墓表

公諱埶字宗道姓薛氏資政殿學士兵部尚書簡肅公之弟薛之世德終始有簡肅公之誌與碑公官至內殿崇班以某年某月某日卒官于蜀州其子仲孺以其喪歸葬于絳州之正平先葬而來乞銘以誌予幸嘗紀次簡肅公之德而又得銘公其銘曰公躬直清官以材稱惟賢是似不愧其兄既葬而仲孺又來請曰銘之藏誠一作者以永吾先君于不朽然不若碣于隧以表見于世之昭昭也予惟薛氏於絳爲著姓

簡肅公於公爲兄弟而公之世德予旣見之銘而其子又欲碣以昭顯于世可謂孝矣然予考古所謂賢人君子功臣烈士之所以銘見于後世者其言簡而著及後世衰言者自疑於不信始繁其文而猶患於不章又備其行事惟恐不爲世之信也若薛氏之著于絳簡肅公之信于天下而予之銘公不愧於其兄則公之銘不待繁言而信也然其行事終始予亦不敢略而誌諸墓矣今之碣者無以加焉則取其可以簡而著者書之以慰其子之孝思而信于絳之人云

連處士墓表

連處士應山人也以一布衣終于家而應山之人至今思之其長老教其子弟所以孝友恭謹禮讓而溫仁必以處士爲法曰爲人如連公足矣其矜寡孤獨凶荒饑饉之人皆曰自連公亡使吾無所告依而生以爲恨嗚呼處士居應山非有政令恩威以親其人而能使人如此其所謂行之以躬不言而信者歟處士諱舜賓字輔之其先閩人自其祖光裕嘗爲應山令後爲磁鄖二州推官卒而反葬應山遂家焉處士少舉毛詩一不中而其父正以疾廢于家處士供養左右十餘年因不復仕進父卒家故多貲悉散以賙

鄉里而教其二子以學曰此吾貲也歲饑出穀萬斛以糶而市穀之價卒不能增及旁近縣之民皆賴之盜有竊其牛者官爲捕之甚急盜窮以牛自歸處士爲之媿謝曰煩爾送牛厚遺以遣之嘗以事之信陽遇盜於西關左右告以處士盜曰此長者不可犯也捨之而去處士有弟居雲夢往省之得疾而卒以其柩歸應山應山之人去縣數十里迎哭爭負其柩以還過縣市市人皆哭爲之罷市三日曰當爲連公一作當與處士行喪處士生四子曰庶庠庸膺其二子教以學者後皆舉進士及第今庶爲壽春令庠爲宜城令處

士以天聖八年十二月某日卒慶曆二年某月日葬于安陸蔽山之陽自卒至今二十年應山之長老識處士者與其縣人嘗賴以為生者往往尚皆在其子弟後生聞處士之風者尚未遠使更三四世至于孫曾其所傳聞有時而失則懼應山之人不復能知處士之詳也乃表其墓以告于後人云一作八年閏正月一日廬陵歐陽脩述

尚書屯田員外郎張君墓表

君諱谷字應之世為開封尉氏人曾祖節祖遇皆不仕父炳為鄭州原武縣主簿因留家焉今為原武人

也君舉進士及第爲河陽河南主簿蘇州觀察推官開封府士曹參軍遷著作佐郎知陽武縣通判晉州累遷屯田員外郎復知陽武縣以疾致仕卒于家享年五十有九君爲人剛介（一作毅）好學問事父母孝與朋友信其爲吏潔廉所至有能稱其在河南時予爲西京留守推官與謝希深尹師魯同在一府其所與游雖他掾屬賓客多材賢少壯馳騁於一時而君居其間年尚少獨若羸病肺嘔血者已十餘年幸其疾少間輒亦從諸君飲酒諸君愛（一作惜）而止之君曰我豈久生者邪雖他人視君亦若不能勝朝夕者其後

同府之人皆解去而希深師魯與當時少壯馳騁者
喪其十八九而君癯然唾血如故後二十年始以疾
卒君雖病羸而力自爲善居官爲吏未嘗廢學問多
爲賢士大夫所知乃知夫康强者不可恃以久而羸
弱者未必不能生雖其遲速長短相去幾何而彊者
不自勉或死而泯没於無聞弱者能自力則必有稱
於後世君其是已君嘗謂予曰吾旦暮人耳無所取
於世也尚何區區於仕哉然吾常哀禄之及於親者
薄若幸得不死而官登于朝兾竊國家襃贈之寵以
榮其親然後歸病于原武之廬足矣乃益買田治室

於原武以待君自河南蘇州累爲名公卿所薦乃遷著作爲郎官贈其父太子中允一作舍母宋氏京兆一作司氏未安縣太君於是遂致仕歸于原武營其德政鄉之張固村原將葬其親卜以皇祐五年十一月某日用事前四日君亦卒遂以其日從葬于原上予與君遊久記其昔所謂予者且哀君之賢而不幸又嘉君之志信而有成於其葬也不及銘乃表於其墓君娶祝一作竹氏封華陽縣君有子曰損試將作監主簿至和二年三月七日翰林學士尚書吏部郎中知制誥充史館修撰歐陽脩撰

龍武將軍薛君墓表

薛姓居河東者自唐以來族最盛宋興百年而薛姓五顯資政殿學士尚書户部侍郎贈兵部尚書簡肅公當天聖中參輔大政以亮直剛毅爲時名臣公絳州正平人也有子直孺早卒無後以其弟之子仲孺爲後然其兄弟五人及其諸子皆用公廕禄仕以忠厚孝謹多材能爲絳大族君諱某字某簡肅公之兄也少有高節仕而不得志退老于家以德行文學爲鄉善人君少好學工爲文辭應有司格既而曰是豈足學也哉乃棄而不爲其後簡肅公貴顯以恩例補

君右班殿直君篤愛其弟不得已為强起就職居頃之卒棄去遂不復仕君居鄉里孝悌於其家忠信於其朋友禮讓於其長老鄉里之人始而愛久而化既殁而猶思焉君以天聖二年十一月某日以疾卒于家享年六十有九以某年某月某日葬于正平縣清原鄉之周村原曾祖景贈太保祖温瑜贈太傅父光化贈太師母曰鄭國夫人費氏子男二人長曰長孺今為尚書虞部員外郎知絳州軍州事次曰良孺殿中丞女三人君以子恩累贈右龍武軍將軍夫人鄭氏正平縣太君君卒之若干年其子始以尚書郎來

守是州予薛氏婿也且嘉君之隱德以終而有後乃爲表于其墓既又作詩以遺之曰

伊絳之人其出如雲往于周原從我邦君周原有墓鬱鬱其松絳無居人惟邦君是從來以春秋執事必躬邦君在絳禮我耆艾惟父之執其恭敢怠邦君有政惠我後生從民上冢閭里之榮嗟我絳人孝慈友悌爲善有後惟邦君是視

永春縣令歐君墓表

君諱慶字貽孫姓歐氏其上世爲韶州曲江人後徙均州之鄖鄉又從襄州之穀城乾德二年分穀城之

陰城鎮爲乾德縣，建光化軍，歐氏遂爲乾德人。脩嘗爲其縣令，問其故老鄉閭之賢者，皆曰有三人焉：其一人曰太傅贈太師中書令鄧文懿公，其一人曰尚書屯田郎中戴國忠，其一人曰歐君也。三人者學問出處未嘗一日不同，其忠信篤於朋友，孝悌稱於宗族，禮義達于（一作於）鄉閭。乾德之人初未識學者，見此三人，皆尊禮而愛親之。既而皆以進士舉于鄉里（一無里字），而君獨黜于有司。後二十年，始以同三禮出身，爲潭州湘潭主簿、陳州司法參軍、監考城酒稅，遷彭州軍事推官、知泉州永春縣事。而鄧公已貴顯于朝，君尚爲州縣吏所至上官多鄧公故舊君絶口不復道前事至終其去不知君爲鄧公友也君爲吏廉貧宗族之孤幼者皆養于家居鄉里有訟者多就君決曲直得一言遂不復爭人至于今傳之嗟夫三人之爲道無所不同至其窮達何其異也而三人者未嘗有動於其心雖乾德之人稱三人者亦不以貴賤爲異則其幸不幸豈足爲三人者道哉然而達者昭顯于一時而窮者泯没於無述則爲善者何以勸而後世之來者何以考德於其先故表其墓以示其子孫君有子世英爲鄧城縣令世勷舉進士君以天聖七年

卒享年六十有四葬乾德之西北廣節山之原（一有云字）

河南府司錄張君墓表（一作碣）

故大理寺丞河南府司錄張君諱汝士字堯夫開封襄邑人也明道二年八月壬寅以疾卒于官享年三十有七卒之七日葬洛陽北邙山下其友人河南尹師魯誌其墓而廬陵歐陽脩為之銘以其葬之速也不能刻石乃得金谷古塼命太原王顔以丹為隸書納于（一作於）壙中嘉祐二年某月某日其子吉甫山甫改葬君于伊闕之教忠鄉積慶里君之始葬北邙也吉甫纔數歲而山甫始生余及送者相與臨穴視窆

且封哭而去今年春余主試天下貢士而山甫以進士試禮部乃來告以將改葬其先君因出銘以示余蓋君之卒距今二十有五年矣初天聖明道之間錢文僖公守河南公王家子特以文學仕至貴顯所至多招集文士而河南吏屬適皆當世賢材知名士故其幕府號為天下之盛君其一人也文僖公善待士未嘗責以吏職而河南又多名（一無名字）山水竹林（一作慈竹）茂樹奇花怪石其平臺清池上下荒墟草莽之間余得日從賢人長者賦詩飲酒以為樂而君為人靜默修絜常坐府治事省文書尤盡心於獄訟初以辟為

其府推官（一作察推）既罷文辟司録河南人多頼之而守尹屢薦其材君亦工書喜為詩間則從余遊其語言簡而有意飲酒終日不亂雖醉未嘗頹墮與之居者莫不服其德故師魯誌之曰飭身臨事余嘗愧堯夫堯夫不余愧也始君之葬皆以其地不善又葬速（一有其字）禮不備君夫人崔氏有賢行能教其子而二子孝謹克自樹立卒能改葬君如吉卜君其可謂有後矣自君卒後文僖公得罪貶死漢東吏屬亦各引去今師魯死且十餘年王顧者死亦六七年矣其送君而臨穴者及與君同府而遊者十蓋八九死矣其幸而

往者不老則病且衰如子是也嗚呼盛衰生死之際未始不如是是豈足道哉惟爲善者能有後而託於文字者可以無窮故於其改葬也書以遺其子俾碣于墓且以寫余之思焉吉甫今爲大理寺丞知緱氏縣山甫始以進士賜出身云翰林學士右諫議大夫史館修撰歐陽脩撰

居士集卷第二十四

熙寧五年秋七月男發等編定

紹熙二年三月郡人孫謙益校正

連處士墓表羅氏本葬安陸蔽山之原諸本以陸爲陵朝佐按安州安陸郡其倚郭有安陸縣應山乃鄰邑今從羅本

石曼卿墓表 然好一無然字

連處士墓表 連處士此下一有者字

張屯田墓表 幸其疾三字上一有時字

龍武將軍薛君墓表 清原鄉原一作源

居士集卷第二十五　歐陽文忠公集二十五

墓表六首

尚書屯田員外郎贈兵部員外郎錢君墓表

君諱治，字良範，姓錢氏，世爲彭城人。後徙吳興。自君之七世祖寶，又徙常州之武進。曾祖諱某，祖諱某，父諱某。當唐末五代，錢氏起餘杭，據浙東西，爲吳越王。於是時，常州或屬江南，或屬吳越，而武進錢氏獨不顯，方以儒學廉讓行于鄉里，連三世不仕。宋興，取江南，常州歸于有司，君始以州進士舉中景德二年甲科，試祕書省校書郎，爲揚州廣陵、潮州海陽縣令，遷寧國軍節度推官監黃州麻城茶場遂知縣事遷著作佐郎知蘄州蘄水懷安軍金堂縣又遷祕書丞知泰州如皋縣再遷屯田員外郎通判宣州未行明道二年六月十一日以疾卒于家享年五十有二君少好學能為文辭家貧其母賢嘗躬織紝以資其學問每夜讀書一有不止字母為滅燭止之君陽臥母且睡輒復起讀一有年二十三字州舉進士第一試禮部高第遂中甲科為吏長於決獄歷六縣皆有能政潮州自五代時劉氏暴殘其民君為海陽經年民歸業者千餘户由是海陽升為大縣潮之大姓某氏火迹其來自其

家吏捕訊之某家號寃不服太守刁湛曰獄非錢君不可君問大姓得火所發牀足驗之疑里仇家物因率吏入仇家取牀折足合之皆是仇人即服曰火自我出然故遺其迹某家者欲自免也某家誠寃君即日出某家獄致仇人以法舉州稱為一無此字神明其佐宣州數決大獄及旁近郡獄有疑者皆歸決於君工部侍郎凌策知宣州尤稱君文學曰吏事不足污子當以文章居臺閣欲薦其文未及而策卒初宣州官歲市茶于涇縣命君主之箕子不肖以惡茶數千斤入于官君立焚之以白策策益以此知君策卒君歎

曰世無知我者矣在麻城以茶課歲增五倍遂遷著作金堂故多盜君以伍保籍民察其出入凡爲盜者許其徒告以贖罪盜遂止會甘露降其縣明年麥禾大稔麥一莖五岐禾一莖五穗者縣人以爲君政所致謂之錢公三瑞君歎曰吾知治民爾瑞豈吾致哉縣人爲君立生祠如皋民不農桑以鹽爲生君曰使民足以衣食鹽猶農也乃悉求鹽利害爲條目民便其利而鹽最增積以石數者至四十五萬君在如皋時年五十歲歎其仕不達君曰使吾政行於民是達也蔡文忠公爲御史中丞數欲引君爲御史會君卒

君平生所爲文章三百餘篇，號曰晦書。君之皇考贈殿中丞，母諸葛氏封萬年縣太君，徙封福昌。娶蔣氏，初封樂安縣君，又封福清。子男五人，曰公餗、公瑾、公輔、公儀、公佐。蔣氏有賢行，自君之卒，日以君所爲勗其五子以學。蔣氏後君二十年以卒。卒時公瑾、公輔皆以進士及第，公瑾爲新鄭尉，公輔以文章知名當世，爲太常丞、集賢校理。錢氏自其祖寶徙武進，其居與葬皆在其縣之遵教鄉敦行里。慶曆三（一作二）年九月庚申，公餗等葬君于其居之東北原皇里水之北。至和二年三月壬午（一無上八字），以蔣夫人從。歐陽脩曰：

錢姓出陸終蓋顓頊之苗裔始以士為周官久而以為姓自三代以來無甚顯者至唐末錢氏多居東南及鏐乘亂世起餘杭有地十三州號兼吳越而王者幾百年而武進錢氏獨以隱德累世不顯豈以力者如彼而以德者如此哉豈其盛衰遲速之理固有不同哉武進之錢自實七世至君有聞又有賢子不隧益彰其孰孰止蓋恃力者雖盛而必衰以德者愈遲而終顯立石刻辭其示彌遠

太常博士周君墓表

有篤行君子曰周君者孝於其親友於其兄弟居父

毋喪與其兄某弟某居于倚廬不飲酒食肉者三年其言必慼其哭必哀除喪而癯然不能勝人事者蓋久而後復自孔子在魯而魯人不能行三年之喪其弟子疑以爲問則非魯而他國可知也孔子歿而其後世又可知也今世之人知事其親者多矣或居喪而不哀者有矣生能事而死能哀或不知喪禮者有矣或知禮而以謂喪主於哀而已不必合於禮者有矣如周君者事生盡孝居喪盡哀而以禮者也禮之失久矣喪禮尤廢也今之居喪者惟仕宦婚嫁聽樂不爲此特法令之所禁爾其衰麻之數哭泣之節居

處之别飲食之變皆莫知夫有禮也在上位者不以身率其下在下者無所望於其上其遂廢矣乎故吾於周君有所取也君諱堯卿字子俞道州永明縣人也天聖二年舉進士累官至太常博士歷連（一作通）衡二州司理參軍桂州司録知高安寧化二縣通判饒州未行以慶曆五年六月朔日卒于朝集之舍享年五十有一皇祐五年某月日葬于道州永明縣之紫微岡曾祖諱某祖諱某父諱某贈某官母唐氏封某縣太君娶某氏封某縣君君學長於毛鄭詩左氏春秋家貧不事生産喜聚書居官禄雖薄常分俸以賙

宗族朋友人有慢己者必厚爲禮以愧之其爲吏所居皆有能政有文集二十卷君有子七人曰諭鼎州司理叅軍曰詵湖州歸安主簿曰謐曰諷曰諲曰説曰誼皆未仕嗚呼孝非一家之行也所以移於事君而忠仁於宗族而睦交於朋友而信始於一鄉推之四海表于金石示之後世而勸考君之所施者無不可以書也豈獨俾其子孫之不隕也哉

右班殿直贈右羽林軍將軍唐君墓表

嘉祐四年冬天子既受祫享之福推恩羣臣並進爵秩既又以及其親若在若亡無有中外遠邇於是天

章閣待制尚書户部員外郎唐君得贈其皇考驍衛府君爲右羽林軍（一無軍字）將軍府君諱拱字某（一無某字）其先晋原人後徙爲錢塘人曾祖諱休復唐天復中舉明經爲建威（一作武）軍節度推官祖諱仁恭仕吳越王爲唐山縣令累贈諫議大夫父諱謂官至尚書職方郎中累贈禮部尚書府君以父廕補太廟齋郎改三班借職再遷（一作轉）右班殿直監舒州孔城鎮澧州酒稅巡檢泰州鹽場漳州兵馬監押乾興元年七月某日以疾卒于官享年四十有六府君孝悌於其家信義於其朋友廉讓於其鄉里其居於官名公鉅人皆

以爲材而未及用也享年不永君子哀之有子曰介字子方舉進士皇祐中嘗爲御史以言事切直貶春州别駕當是時子方之風標動天下已而天子感悟貶未至而復用之今列侍從居諫官自子方爲秘書丞始贈府君爲太子右清道率府率其爲尚書主客員外郎殿中侍御史裏行又贈府君爲右監門衛將軍其爲尚書工部員外郎直集賢院權開封府判官又贈府君爲右屯衛將軍其遷户部員外郎河東轉運使又贈府君爲驍衛將軍蓋自登于朝以至榮顯遇天子有事于天地宗廟推恩必及焉府君初娶博

陵崔氏贈仙游縣太君後娶崔氏贈清河縣太君皆衛尉卿仁冀之女生一男介也五女長適太子中舍盧圭次適歐陽昊早卒次適横州推官高定次適進士陸平仲次適著作佐郎陳起慶曆三年八月某日以府君及二夫人之喪合葬于江陵龍山之東原後十有七年廬陵歐陽脩乃表於其墓曰嗚呼余於此見朝廷所以襃寵勸勵臣子之意豈不厚哉又以見士之爲善者雖堙没幽鬱其潛德隱行必有時而發而遲速顯晦在其子孫然則爲人之子者其可不自勉哉蓋古之爲子者禄不逮養則無以及其親矣今

之為子者有克自立則尚有榮名之寵焉其所以勸人之孝者篤於古也深矣子方進用於時其所以榮其親者未知其止也姑立表以待焉

胡先生墓表

先生諱瑗字翼之姓胡氏其上世為陵州（一作京兆）人後為泰州如皋（一作海陵）人先生為人師言行而身化之使誠明者達昏愚者勵而頑傲者革故其為法嚴而信為道久而尊師道廢久矣自景祐明道以來學者有師惟先生暨泰山孫明復石守道三人而先生之徒最盛其在湖州之學弟子去來常數百人各以其經

轉相傳授其教學之法最備行之數年東南之士莫不以仁義禮樂爲學慶曆四年天子開天章閣與大臣講天下事始慨然詔州縣皆立學於是建太學於京師而有司請下湖州取先生之法以爲太學法至今爲著令後十餘年先生始來居太學學者自遠而至太學不能容取旁官署（一作字）以爲學舍禮部貢舉歲所得士先生弟子十常居四五其高第者知名當時或取（一作中）甲科居顯仕其餘散在四方隨其人賢愚皆循循雅飭其言談舉止遇之（一無二字）不問可知爲先生弟子其學者相語稱先生不問可知爲胡公也

先生初以白衣見天子論樂拜（一有試字）秘書省校書郎碎丹州軍事推官改密州觀察推官丁父憂去職服除爲保寧軍節度推官遂居湖學召爲諸王宮教授以疾免已而以太子中舍致仕遷殿中丞於家皇祐中驛召至京師議樂復以爲大理評事兼太常寺主簿又以疾辭歲餘爲光禄寺丞國子監直講迺居太學遷大理寺丞賜緋衣銀魚嘉祐元年遷太子中允充天章閣侍講仍居太學已而病不能朝天子數遣使者存問又以太常博士致仕東歸之日太學之諸生與朝廷賢士大夫送之東門執弟子禮路人嗟歎

以爲榮以四年六月六日卒于杭州享年六十有七以明年十月五日葬于烏程何山之原其世次官邑與其行事莆陽蔡君謨具一作旦誌于幽堂嗚呼先生之德在乎人不待表而見於後世然非此無以慰學者之思乃揭于其墓之原六年八月三日廬陵歐陽脩述

瀧岡阡表

嗚呼惟我皇考崇公卜吉于瀧岡之六十年其子脩始克表於其阡非敢緩也蓋有待也脩不幸生四歲而孤太夫人守節自誓居窮一作貧自力於衣食以長以

教俾至于成人太夫人告之曰汝父為吏廉而好施與喜賓客其俸禄雖薄常不使有餘曰毋以是為我累故其亡也無一瓦之覆一壠之植（碑本作殖）以庇而為生吾何恃而能自守邪吾於汝父知其一二以有待於汝也自吾為汝家婦不及事吾姑然知汝父之能養也汝孤而幼吾不能知汝之必有立然知汝父之必將有後也吾之始歸也汝父免於母喪方逾年歲時祭祀則必涕泣曰祭而豐不如養之薄也間御酒食則又涕泣曰昔常（一作吾）不足而今有餘其何及也吾始一二見之以為新免於喪適然耳既而其後常

然至其終身未嘗不然吾雖不及事姑而以此知汝父之能養也汝父爲吏嘗夜燭治官書屢廢而歎吾問之則曰此死獄也我求其生不得爾吾曰生可求乎曰求其生而不得則死者與我皆無恨也一無也字矧求而有得邪以其有一本有字作求而得則知不求而死者有恨也夫常求其生猶失之死而世一作況常求其死也回顧乳者劍一作抱汝而立于旁因指而歎曰術者謂我歲行在戌將死使其言然吾不及見兒之立也後當以我語告之其平居教他子弟常用此語吾耳熟焉故能詳也其施於外事吾不能知其居于家無

所矜飾而所爲如此是眞發於中者邪嗚呼其心厚於仁者邪此吾知汝父之必將有後也汝其勉之夫養不必豐要於孝利雖不得博於物要其心之厚於仁吾不能教汝此汝父之志也脩泣而志之不敢忘先公少孤力學咸平三年進士及第爲道州判官泗綿二州推官又爲泰州判官享年五十有九葬沙溪之瀧岡太夫人姓鄭氏考諱德儀世爲江南名族太夫人恭儉仁愛而有禮初封福昌縣太君進封樂安安康彭城三郡太君自其家少微一作賤時治其家以儉約其後常不使過之曰吾兒不能苟合於世儉薄

所以居患難也其後脩貶夷陵太夫人言笑自若曰汝家故貧賤也（碑本無六字）吾處之有素矣汝能安之吾亦安矣自先公之亡二十年脩始得祿而養又十有二年列官于朝始得贈封其親又十年脩爲龍圖閣直學士尚書（一無尚書字）吏部郎中留守南京太夫人以疾終（一作卒）于官舍享年七十有二又八年脩以非才入副樞密遂參政事又七年而罷自登二府天子推恩襃其三世故（一作蓋）自嘉祐以來逢國大慶必加寵錫皇曾祖府君累贈金紫光祿大夫太師中書令曾祖妣累封楚國太夫人皇祖府君累贈金紫光祿大

夫太師中書令兼尚書令祖妣累封吳國太夫人皇考崇公累贈金紫光禄大夫太師中書令兼尚書令皇妣累封越國太夫人今上初郊皇考賜爵為崇國公太夫人進號魏（一作韓）國於是小子脩泣而言曰嗚呼為善無不報而遲速有時此理之常也惟我祖考積善成德宜享其隆雖不克有於其躬而賜爵受封顯榮褒大實有三朝之錫命是足以表見於後世而庇賴其子孫矣乃列其世譜具刻于碑既又載我皇考崇公之遺訓太夫人之所以教而有待於脩者並揭于阡俾知夫小子脩之德薄能鮮遭時竊位而幸

全大節不辱其先者其來有自熙寧三年歲次庚戌四月辛酉朔十有五日乙亥男推誠保德崇仁翊戴功臣觀文殿學士特進行兵部尚書知青州軍州事兼管内勸農使充京東東路安撫使上柱國樂安郡開國公食邑四千三百户食實封一千二百户脩表

集賢校理丁君墓表

君諱寶臣字元珍姓丁氏常州晉陵人也景祐元年舉進士及第爲峽州軍事判官淮南節度掌書記杭州觀察判官改太子中允知剡縣徙知端州遷太常丞博士坐海賊儂智高陷城失守奪一官徙置黄州

久之復得太常丞監湖州酒稅又復博士知諸暨縣編校祕閣書籍遂爲校理同知太常禮院君爲人外和怡而内謹立望其容貌進趨知其君子人也居鄉里以文行稱少孤與其兄篤於友悌兄亡服喪三年曰吾不幸幼失其親兄吾父也慶曆中詔天下大興學校東南多學者而湖杭尤盛君居杭學爲教授以其素所學問而自修於鄉里者教其徒久而學者多所成就其後天子憑館閣職廢特置編校八員其選甚精乃自諸暨召居祕閣君治州縣聽決精明賦役有法民畏信而便安之其始治剡也如此後治諸暨

剡鄰邑也其民聞其來讙曰此剡人愛而思之謂不可復得者也今吾民乃幸而得之而君亦以治剡者治之由是所至有聲及居閣下淡然不以勢利動其心未嘗走謁公卿與諸學士羣居恂恂人皆愛親之蓋其召自諸暨也以材行選及在館閣久而朝廷益知其賢英宗每論人物屢稱之國家自削除僭僞東南遂無事偃兵弛備者六十餘年矣而嶺外尤甚其山海荒闊列郡數十皆爲下州朝廷命吏常以一縣視之故其守無城其戍無兵一日智高乘不備陷邕州殺將吏有衆萬餘人順流而下潯梧封康諸小州

所過如破竹吏民皆望而散走獨君猶率羸卒百餘拒戰殺六七人既敗亦走初賊未至君語其下曰幸得兵數千人伏小湘峽扼至險以擊驕兵可必勝也乃請兵於廣州凡九請不報又嘗得賊覘者一人斬之賊既平議者謂君文學宜居臺閣備侍從以承顧問而眇然以一儒者守空城提百十飢羸之卒當萬人卒至之賊可謂不幸而天子亦以謂縣官不素設備而責守吏不以空手捍賊宜原其情故一切輕其法而君以嘗請兵不得又能拒戰殺賊則又輕之故他失守者皆奪兩官而君奪一官已而知其賢復召

用後十餘年御史知雜蘇寀受命之明日建言請復治君前事奪其職而黜之天子知君賢不可以一眚廢而先帝已察其罪而輕之矣又數更大赦且罪無再坐然猶以御史新用故屈君使少避而不傷之也乃用其校理歲滿所當得者即以君通判永州方待闕於晉陵以治平四年四月某甲子暴中風眩一夕卒享年五十有八累官至尚書司封員外郎階朝奉郎勳上輕車都尉曾祖諱某祖諱某皆不仕父諱某贈尚書工部侍郎母張氏仙游縣太君君娶饒氏封晉陵縣君先卒子男四人曰隅曰除曰隮皆舉進士

曰思兒才一歲女一人適著作佐郎集賢校理胡宗愈君既卒天子憫然推恩録其子隅爲太廟齋郎君之平生履憂患而遭困阨處之安焉未嘗見戚戚之色其於窮達壽夭知有命固無憾於其心然知君之賢哀其志而惜其命止於斯者不能無恨也於是相與論著君之大節伐石紀辭以表見於後世庶幾以慰其思焉熙寧元年六月十四日廬陵歐陽脩述

居士集卷第二十五

熙寧五年秋七月男發等編定

紹熙二年三月郡人孫謙益校正

周君墓表諸本皆作君諱某字某某州某縣人朝佐竊謂篤行君子正賴公文以傳遠豈可逸其名字鄉里乃爲考春陵志悉書之

錢君墓表 悉求一作多求賢行一作節行

唐君墓表 父諱謂一作渭

胡先生墓表 景祐明道一作明道景祐爲是於京師於一作于

瀧岡阡表 吾始石本作始吾

丁君墓表 君自諸暨也以材行選也一作已曾祖諱輝祖諱諒父諱柬之一本如此

居士集卷第二十六　歐陽文忠公集二十六

墓誌四首

尚書虞部員外郎尹公墓誌銘

公諱仲宣，姓尹氏。尹氏世居太原，無顯者，由公之父贈刑部侍郎諱文化始舉毛詩，登其（一無此字）科（一有能字），以材敏稱於當時，仕至尚書都官郎中，於今人士語尹氏者往往能稱其名字，由是始有聞人。刑部葬其父於河南，今爲河南人。公舉周易，咸平三年中第，歷梓州銅山、鳳翔麟游二主簿，京兆府司理參軍，潞州襄垣主簿，遷汝州梁（一有縣字）、懷州武陟二令，又遷蜀州軍事判官薦其能者數十（一作十數）人拜大理寺丞太子中舍殿中丞國子博士尚書虞部員外郎歷知汝州之葉鄭州之滎陽（一有縣字）又知大寧監通判華州又知資州皆有政（一作能）績最後知郢州至州之三日晨起衣冠得疾（一有及寢而三字）卒實景祐四年三月七日也年七十一以五年十一月二十八日葬壽安母鄭氏德興縣太君妻張氏壽安縣君子七人源洙湘沖淑沂泳諸孫十餘人公既卒許州進士朱生遊資州資人（一作州）家家能道公之遺事及聞公喪皆巷哭其吏與民各以其類之浮屠發哀受弔朱生既得公善十餘事

爲作遺愛録以遺資人朱生未嘗識公者而言若兹信矣嗚呼善人之爲善也生不赫赫於當時則其遺風餘思在乎人者必有時而著公生而爲善殁也見思（一作殁也見稱斯可知也已）銘者所以名其善功以昭後世也（一有夫字）銘曰

物塞而通必艱其初至于大亨乃燁而敷尹氏之先久窒不耀自公再世始發其奥公不墜德有善在人孰當其興在子與孫（一作在子孫）

尚書兵部員外郎知制誥謝公墓誌銘

朝散大夫行尚書兵部員外郎知制誥知鄧州軍州

事兼管內勸農使上輕車都尉陽夏縣開國男食邑三百户賜紫金魚袋謝公諱絳字希深其先出於黄帝之後任姓之别爲十族謝其一也其國在南陽宛三代之際以微不見至詩嵩高始言周宣王使召公營謝邑以賜申伯蓋謝先以失國其子孫散亡以國爲姓歷秦漢魏益不顯至晉宋間謝氏出陳郡者始爲盛族公之皇考曰太子賓客諱濤其爵陳留伯至公開國又爲陽夏男皆在陳郡故用其封復因爲陳郡人然其官邑卒葬隨世而遷其譜自八世而下可見曰八代祖汾爲河南緱氏人至五代祖希圖始遷

而南或葬嘉興或葬麗水自皇考已上三代皆葬杭州之富陽公以寶元二年四月丁卯來治鄧其年十一月己酉以疾卒于官以遠不克歸于南即以明年八月得州之西南某山之陽遂以葬公享年四十有五初娶夏侯氏先卒今舉以祔後娶高氏文安縣君三男六女男某某皆將作監主簿女一早亡五尚幼公之卒其客歐陽脩弔而哭于位退則歎曰初實客之覺脩獲銘其德納諸富陽之原今又哭公之喪哭者在位莫如脩舊蓋嘗銘其世矣乃論次其終始曰公年十五起家試秘書省校書郎復舉進士中甲科以

奉禮郎知潁州汝陰縣遷光祿寺丞上書論四民失業楊文公薦其材召試充秘閣校理再遷太常丞通判常州丁母晉陵郡君許氏憂服除遷太常博士用鄭氏經唐故事議昭武皇帝非受命祖不宜配享感生帝天聖中天下水旱而蝗河決壞滑州又上書用洪範五行京房傳推災異所以爲天譴告之意極陳時所闕失無所諱與修眞宗國史遷祠部員外郎直集賢院通判河南府移書丞相言歲凶嵩山宮宜罷勿治又上書論妖人方術士不宜出入禁中請追所賜先生處士號歲滿權開封府判官再遷兵部員

外郎爲三司度支判官上書論法（一作詔）禁窯花透皆詔書云自内始今内人賜衣復下有司取之是爲法而自戾無以信天下又言後苑作官市龜筒亦禁物民間非所有有之爲犯法因請罷内作諸器皆以其職言又言有司多（一無此字）求上旨（一有多字）從中出而數更且謂號令數變則虧國體利害偏聽則惑聰明請者務欲各行而守者患於不一請凡詔令皆由中書樞密院然後行郭皇后廢上書用詩白華引申后褒姒以以爲戒景祐元年丁父憂服除（一本賓客薨于京師以喪南歸三年）召試知制誥判流内銓諫者言李照新定樂不可用下

其議議者久不决公爲兩議曰宋樂用三世矣照之法不合古吾從舊乃署其一議曰從新樂者異署議者皆從公署公爲人肅然自脩平居温温不妄喜怒及其臨事敢言何其壯也雖或聽或否或論高而不能行或後果如其言皆傳經據古切中時病三代已來文章盛者稱西漢公於制詰尤得其體世所謂常楊元白不足多也公既以文知名至於爲政無所不達自汝陰已有能名佐常州至今常人思之錢思公守河南悉以事屬之是時莊獻明肅太后莊懿太后起二陵於永安至於鐵石畚鍤不取一物於民而

足修國子學教諸生自遠而至者百餘人舉而中第者十八九河南人聞公喪皆出涕諸生畫像於學而祠之初吏部擬官以圭田有無爲均公取州縣田籍其實者準其方之物賈一作價差爲多少揭之省中它有名而無實者皆不用人以爲便天下之吏有定職而無定員故選者常患其多而久積吏緣以姦至公爲之選而集者有不逾旬而去天下皆稱其平其遇事尤劇一有處字尤若簡而有餘及求知鄧州其治益以寬靜爲本州遂無事先時有妖僧者以僞言誘民男女數百人往往晝夜爲會凡六七年不廢公則取其

首惡二人寘之法，餘一不問，民始知公法可畏而安於不苛。南陽堰引湍水溉公田，水之來遠而少能及民，而堰墩（物列叉）墩破。公議復召信臣故渠以罷鄧人歲役，而以水與民。大興學舍，皆未就而卒。始公來鄧，食其廩者四十餘人，或疑其多。及其喪，爲之制服，其治衣擲繞二婢。至三從孤弟妹皆聚而食之。卒之日，廩無餘粟，家無餘貲，入哭其堂，樵無新衣。然平生（有一）（好施宗族）喜賓客，談宴怡怡如也。自少而仕，凡三十年間，自守不回，而外亦不爲甚異，此其始終大節也（一無也字）。下有昔太史公世稱其文善以多爲少，今予不能，乃不服具書公之事，而特著其大者略書之。噫！公之事

何多歟繁予文而不克究使公而壽且用極其材則凡今所書又有不暇書而又著其尤大者爾將葬其嗣子某來乞銘銘曰

壽吾不知命繫其偶不俾其隆安歸其咎惟德之明惟仁之茂惟力之爲而公之有

資政殿學士尚書戶部侍郎簡肅薛公墓誌銘

明道二年尚書禮部侍郎參知政事河東公以疾告歸其政天子曰吾不可以數煩公乃詔優公不朝而使視事如故居歲中數以告乃得還第又數以告然後拜公爲資政殿學士戶部侍郎判尚書都省罷其

政事景祐元年八月庚申公薨于家年六十有八贈兵部尚書公諱奎字宿藝姓薛氏薛氏之先出於黄帝之後任姓任姓之别爲十族薛者奚仲之始封也其後奚仲去遷邳而仲虺留居薛春秋之際以國見經而其子孫後以爲氏此其譜也隋唐之間薛姓居河東者爲最盛公絳州正平人也曾王父贈太保諱某大王父贈太傅諱某王父殿中丞贈太師諱某三世皆不顯而以公貴初太宗皇帝伐并州太師以策干行在不見用罷公生十餘歲已能屬文辭太師顧曰是必大吾門吾復何爲乃不復事生業務施貸

以賙鄉閭曰吾有子矣後何患後五十年公始佐今天子參政事為世名臣知其言公為人敦篤忠烈果敢明達初舉進士為州第一讓其里人王嚴而居其次於是鄉里皆稱之淳化三年再舉乃中授秘書省校書郎隰州軍事推官始至取州獄已成書活寃者四人徙儀州推官士爭薦其能丁太夫人憂服除用薦者拜大理寺丞知興化軍莆田縣悉除故時王氏無名租莆田人至今以為德遷殿中丞知河南長水縣徙知興州州舊鑄鐵錢用功多人以為苦公乃募民有力者弛其山使自為利而收其鐵租以鑄悉罷

役者人用不勞遷太常博士御史中丞向敏中薦公材中御史就拜監察御史召爲殿中侍御史判三司都磨勘司賜緋衣銀魚出爲陝西轉運副使坐舉人免官居數月通判陝府歲餘召還臺安撫河北稱旨改尚書户部員外郎淮南轉運使江淮制置發運使開揚州河廢其三堰以便漕船歲以八百萬石食京師其後罕及其多轉吏部員外郎丁太師憂去職不許居二歲入爲三司户部副使與三司使李士衡爭事省中士衡挾時權貴人爲助公拜户部郎中直昭文館出知延州遷吏部郎中入爲龍圖閣待制知開

封府遷右諫議大夫御史中丞契丹使蕭從順來朝
是時莊獻明肅太后垂簾聽政從順舉止多不遜
以謂南使至契丹者皆見太后遂請見之朝議患之
未有以決公獨以理折之從順乃止而嫉公者讒其
漏禁中語由是拜集賢院學士出知并州改知秦州
秦州宿重兵兵嘗慊食公爲勸儉積畜教民水種歲
中遷樞密直學士知益州而秦之餘粟積者三百萬
征筭之衍者三十萬覈民舊隱田數百頃所得芻豆
又十餘萬秦州之民與其番夷一作落數千人詣轉運
使請留不果公在開封以嚴爲治肅清京師京師之

民至私以俚語曰公且相戒曰是不可犯也囹圄爲之數空而至今之人猶或曰之及居蜀尤有善政民有得僞蜀時中書印者夜以錦囊掛之西門門（一作闇）者以白蜀人隨之者萬計皆恂恂（一作詢詢）出異語且觀公所爲公顧主吏藏之略不取視民乃止老媼告其子不孝者子訴貧不能養公取俸錢與之曰用此爲生以養母子遂相慈孝里富人三女皆孤民或妄爭其產公析其貲爲三爲嫁其女於是人皆以公爲仁愚蜀人喜亂而易搖公既鎮以無事又能順其風俗從容宴樂及其臨事破姦發伏遂見隨決如逢蒙之

射而方朔之占無一不中蜀人（一作其後）愛且畏之以比張尚書詠而不苟開封天子之畿益州蜀一都會皆世號尤難理者而公尤有名其猛寬之政前後異施可謂知其方矣入拜龍圖閣直學士權三司使遂拜參知政事公入謝上曰先帝嘗言卿可用吾今用卿矣公益感激自勵而素剛毅守節不苟合既與政尤挺立無所牽隨然遂欲繩天下無細大一入於規矩往往不可其意則歸卧于家歎息憂愧輒不食家人笑其何必若此公曰吾慚不及古人而懼後世譏我也公嘗使契丹與其君臣語而以論議服其坐中其

後契丹使來，必問公所在及聞已用乃皆喜曰是得人矣邊吏得諜者言契丹欲弃約舉兵上亟召大臣議或欲選將增兵公曰契丹畏誓而貪利且無隙以開其端其必不動不宜失持重之勢而使其可窺已而卒無事他日上顧公曰果如公言於是益重之明道二年莊獻明肅太后欲以天子衮冕見太廟臣下依違不決公獨爭之曰太后必若王服見祖宗若何而拜乎太后不能奪爲改他服太后崩上見羣臣泣曰太后疾不能言而猶數引其衣若有所屬何也公遽曰其在衮冕也然服之豈可見先帝乎上大悟卒以后服葬於是益以公爲果可用也（一無也字，下有而不至爭大用終焉）公先娶潘氏，早卒；後娶趙氏，今封金城郡夫人。子男一人，直孺，大理寺丞。女五人：長適故職方員外郎張奇；其次適故開封府士曹參軍喬易從，早亡；次適太原王拱辰，早亡；次適廬陵歐陽脩；次又適王氏。公既貴，贈其曾祖而下三室，曰太保、太傅、太師，追封曾祖妣某氏某夫人、祖妣某氏某夫人、妣某氏某夫人。公性孝慈，雖在大位，家人勤儉，不知爲驕奢，諸子幼孤，撫養不異。平生所爲文章四（一作二）十卷，直而有氣，如其爲人。五年某月某甲子，其孤直孺奉其柩自京

師葬于絳州以某年某月某甲子即事先期狀公之功行上之太常太常議曰謚法一德不懈曰簡執心決斷曰肅令其狀應法乃謚曰簡肅銘曰

薛夏之封以國爲姓其後河東隋唐最盛公世載德實河東人必大其門太師之云公之從事以難爲易參于大政不撓不牽屢決大議有言炳然公不爲相告病還家賵賻之榮尚書是加公有敏德焯其行事公有令名有司之謚事告之史謚傳子孫又刻銘章納于墓門

贈尚書度支員外郎張君墓誌銘

君諱思字希聖青州人也曾祖諱庭實不仕祖諱昂贈尚書職方郎中父諱從化尚書駕部員外郎贈秘書少監母河南縣太君朱氏君天禧四年舉進士及第爲濰州司理參軍青州益都縣主簿開封府倉曹參軍改秘書省著作佐郎知益都縣再遷秘書丞太常博士通判閬州權知興元府景祐四年九月十七日以疾卒于官享年六十有四君世以明經仕宦至君始爲辭章舉進士官雖卑事親能盡其養不知其禄之薄也退與妻子惡衣蔬食無難色居親喪盡哀葬其家三十餘喪鄉里稱其孝爲吏所至有能名京

東歲大飢所在盜賊起獨君所治益都無盜而賑卹飢人比他縣尤多安撫使以為言詔書褒美在閬州治嘉陵江石隄民至今賴之君為博士時其弟愈猶為布衣君嘗歎曰吾年四十有七始以進士及第今且老吾志其衰矣顧其三子曰是必大吾門因獨念其弟愈先君之所愛也乃欲致其仕以冀一子恩得以命其弟顧貧未能去祿仕每以為恨已而其子唐卿舉進士第一君聞之喜且泣曰吾志其就矣乃上書求致仕且欲官其弟愈未及而卒君娶王氏馮翊縣君後君二十二年以卒子男三人唐卿將作監丞

通判陝府唐輔孟州濟源縣尉皆早卒唐民今爲秘書丞女二人長適屯田員外郎任沆次早卒孫男二人曰危行果行孫女二人皆尚幼君以子恩贈尚書度支員外郎夫人王氏亦以子恩封長壽縣太君以嘉祐四年十月十二日葬君夫人于青州益都縣仁德鄉之南原銘曰

張有世序是爲青人君治益都有政于民仕也四方昌其子孫終必返本斯之謂仁鄉人之思封樹長存

居士集卷第二十六

熙寧五年秋七月男發等編定

紹熙二年三月郡人孫謙益校正

尹公墓銘

滎陽此下一有二縣哂字及寢一作及寢朱生一作朱公佐公善此下一有政字

謝公墓銘

終始一作始終

薛簡肅公墓銘

後世譏我譏一作識

墓誌五首

翰林侍讀學士給事中梅公墓誌銘

翰林侍讀學士給事中（一云行給事中知許州上柱國南昌郡開國公食邑三千三百戶實封六百戶賜紫金魚袋）梅公既卒之明年，其孤及其兄之子堯臣來請銘以葬，曰：「吾叔父病且亟矣，猶卧而使我誦子之文。今其葬，宜得子銘以藏。」公之名在人耳目五十餘年，前卒一歲，予始拜公於許。公雖衰且（一無此字）病，其言談詞氣尚足動人。嗟予不及見其壯也！然嘗聞長老道公咸平、景德之初，一遇眞宗，言天下事合意遂以人主為知己當時搢紳之士一無此二字望之若不可及已而擯斥流離四十年間白首翰林卒老一州嗟夫士果能自為材邪惟世用不用爾故予記公終始至於咸平景德之際尤為詳焉良以悲其志也公諱詢字昌言世家宣城年二十六進士及第試校書郎利豐監判官遷將作監丞知杭州仁和縣又遷著作佐郎舉御史臺推勘官時亦未之奇也咸平三年與考進士於崇政殿真宗過殿廬中一見以為奇材召試中書直集賢院賜緋衣銀魚是時契丹數寇河北李繼遷急攻靈州天子新即位銳於為

治公乃上書請以朔方授潘羅支使自攻取是謂以蠻夷攻蠻夷眞宗然其言問誰可使羅支者公自請行天子惜之不欲使蹈兵間公曰苟活靈州而罷西兵何惜一梅詢天子壯其言因遣使羅支未至而靈州没于賊召還遷太常丞三司戶部判官數訪時事（一有使得以書論）於是屢言西北事時邊將皆守境不能出師公請（一有出字）大臣臨邊督戰募遊兵擊賊（一有論曹瑋馬知節才可用又十字）論傅潛楊瓊敗績當誅（一有以王刑三字）而田紹斌王榮等可責其効以贖過凡數十事其言甚壯天子益器其材數欲以知制誥宰相有言不（一作未）可者

乃已其後繼遷卒爲潘羅支所困而朝廷以兩鎮授德明德明頓首謝罪河西平天子亦再幸澶淵（一有以金帛三字）盟契丹而河北之兵解天下無事矣公既見疏不用初坐斷田訟失實通判杭州徙知蘇州又徙兩浙轉運（一有副字）使還判三司開拆司遷太常博士用封禪恩遷祠部員外郎又坐事出知濠州以刑部員外郎爲荆湖北路轉運使坐擅給驛馬與（一作假）人奔喪而馬死奪一官通判襄州徙知鄂州又徙蘇州天禧元年復爲刑部員外郎陝西轉運使靈州棄已久公與秦州曹瑋得胡蘆河路（一有無沙二字）可出兵無沙行之

阻而能徑一無此八字趨靈州遂請瑋居環慶以圖出師會瑋入爲宣徽使不克而止遷工部郎中坐朱能反貶一作左遷懷州團練副使再貶一作改池州天聖元年拜度支員外郎知廣德軍徙知楚州遷兵部員外郎知壽州又知陝府六年復直集賢院又遷工部郎中改直昭文館知荆南府召為龍圖閣待制糾察在京刑獄判流内銓改龍圖閣直學士知并州未行遷兵部郎中樞密直學士以往就遷右諫議大夫入知通進銀臺司復判流内銓改翰林侍讀學士羣牧使遷給事中知審官院以疾出知許州康定二年六月某日卒

于官公好學有文尤一無此五字喜爲詩爲人嚴毅修潔而材辯敏明少能慷慨見奇真宗自初召試感激言事自以謂君臣之遇已而失職逾二十年始復直於集賢一作始復直集賢院比登侍從而門生故吏曩時所考進士或至宰相居大官故其視時人常以先生長者自處論事尤多發憤其在許昌繼遷之孫復以河西叛朝廷出師西方而公已老不復言兵矣享年七十有八以終二一無此字梅氏遠出梅伯世久而譜不明公之皇曾祖諱超皇祖諱遠皆不仕父諱邈贈刑部侍郎夫人劉氏彭城縣君子五人長曰鼎臣官至殿中

丞次曰寶臣皆（一無皆字）先公卒次曰得臣太子中舍次曰輔臣前將作監丞次曰清臣大理評事公之卒天子贈賻優恤（一無此二字）加（一作拜）得臣殿中丞清臣衛尉寺丞明年八（一作九）月某日葬公宣州之某縣某鄉某原（一作葬于宣城縣長安鄉西山里）銘曰

士之所難有藴無時偉歟梅公人主之知勇無不敢惟義之爲困于翼飛中垂以斂一失其塗進退而坎理不終窮既晚而通惟其壽考福禄之隆（一作終）

尚書都官員外郎歐陽公墓誌銘

公諱曄字日華於檢校工部尚書諱託彭城縣君劉

氏之室為曾孫武昌縣令諱郴蘭陵夫人（一作蘭陵郡無夫人字）蕭氏之室為孫贈太僕少卿諱偃追封潘原縣太君李氏之室為第三子於脩為叔父脩不幸幼孤依于叔父而長焉嘗奉太夫人之教曰爾欲識爾父乎視爾叔父其狀貌起居言笑皆爾父也脩雖幼已能知太夫人言為悲（一作哀）而叔父之為親也歐陽氏世家江南僞唐李氏時為廬陵大族李氏亡先君昆弟同時而仕者四人獨先君早世其後三人皆登于朝以殁公（一有以字）咸平三年舉進士甲科歷南雄州判官隨閬二州推官江陵府掌書記拜太子中允太常丞

博士尚書屯田都官二員外郎享年七十有九最後終于家以慶曆四年三月十日葬于安州應城縣高風鄉彭樂村於其葬也其素所養兄之子脩泣而書曰嗚呼叔父之亡吾先君之昆弟無復在者矣其長養教育之恩既不可報而至於狀貌起居言笑之可思慕者皆不得而見焉矣惟勉而紀吾叔父之可傳于世者庶以盡脩之志焉公以太子中允監興國軍鹽酒稅太常丞知漢州雒縣博士知端州桂陽監屯田員外郎知黄州遷都官知永州皆有能政坐舉人奪官復以屯田通判歙州以本官分司西京許家于

隨復遷都官于家遂致仕景祐四年四月九日卒公為人嚴明方貧尤以潔廉自持自為布衣非其義不輒受人之遺少而所與親舊後或甚貴終身不造其門其涖官臨事長於決斷初為隨州推官治獄之難決者三十六（一有人字）大洪山奇峯寺聚僧數百人轉運使疑其積物多而僧為姦利命公往籍之（一有官為出入四字）僧以白金千兩餽公公笑曰吾安用此然汝能聽我言乎今歲大凶汝有積穀六七萬石能盡以輸官而賑民則吾不籍汝僧喜曰諾飢民賴以全活陳堯咨以豪貴自驕（一有所居為不法五字）官屬莫敢仰視在江陵用

私錢詐為官市黄金府吏持帖强僚佐署公呵吏曰官市金當有文符獨不肯署堯咨雖憚而止然諷轉運使出公不使居府中鄂州崇陽素號難治乃徙公治之至則決滯獄百餘事縣民王明與其同母兄李通爭產累歲明不能自理至貧為人傭舂公折之一言通則具伏盡取其產鉅萬一有字歸于明通退而無怨言桂陽民有爭舟而相毆至死者獄久不決公自臨其獄出囚坐庭中去其桎梏而飲食之食訖悉勞而還于獄獨留一人于庭留者色動惶顧公曰殺人者汝也囚不知所以然公曰吾視食者皆以右手持匕而

汝獨以左令死者傷在右肋此汝殺之明也因即涕泣曰我殺也不敢以累他人公之臨事明辨有古良吏決獄之術多如此所居人皆愛思之公娶范氏封福昌縣君子男四人長曰宗顏次曰宗閔其二早亡女一人適張氏亦早亡銘曰

公之明足以決於事愛足以思於人仁足以施其族清足以潔其身而銘之以此足以遺其子孫

江寧府句容縣令贈尚書兵部員外郎王公墓誌銘代恕

王氏世家開封陳留之通許鎮咸平中分通許爲咸

平縣故王氏令為開封咸平人公諱某字某曾祖諱
丕祖諱祚父諱銑世以貲雄里中不樂仕宦而好施
其有以賙人之急及公而貲益衰乃歎曰吾聞施於
為政其利可以賙天下貲安足道我乃慨然以孔氏
尚書舉於有司累不中因就他選曰可以為政何擇
焉初任萊州萊陽主簿會令坐事解去公署令事告
其民曰令欲為法簡而利民博者當何為去其甚惡
可也乃縛故吏唐權條其宿惡上于州杖其脊而還
之縣之姦豪皆斂色屏氣指權相戒不可犯公法公
曰使我為令朞年不獨善人不懼惡人可使惡人為

善也已而河决東平公部縣丁夫數千召權署隊長權喜曰公許我自新矣卒以丁夫治河為諸縣最歷婺州蘭溪尉陳州項城主簿會歲旱蝗州守風吏按田者言旱不為灾公與守争至三四民得復乃已改穎州司法參軍州民藥氏為盜會赦出入里閭操弓矢為民害有朱氏者募客二人謀殺之法當死公曰為法所以輔善而禁惡也今殺良民為惡盜報仇豈法意邪乃狀列之朱氏得減死改華州司法遷蘇州之吴江江寧之句容二縣令遂老于京師以某年某月某日卒于家享年六十有九公好學善書喜賓客

務眮人緩急而爲性寬靜沈默一有及於吏事敢於所爲不盈其守左右丞史有不如意未嘗詈責諸子問之則曰刑法豈爲喜怒設邪公初娶趙氏永安郡太君後娶李氏陳留郡太君子男十人二早卒女二一作人一無一一字卒于家一適朱氏慶曆四年九月庚申葬于開封尉氏蔣成鄉栢子原之新塋於其葬也長子拱璧右侍禁次拱之左班殿直次拱德衛州獲嘉縣令次拱安右班殿直次拱已守將作監主簿次拱式尉氏縣尉次拱辰右諫議大夫權御史中丞次拱著歙州司户參軍以中丞之貴累贈尚書兵部員外郎將葬中丞君

泣而語其伯仲曰吾家通許世有陰德于人而無興者至吾先君不有于其躬而以貽後世小子不佞幸得備員御史府進退大夫之後小子何有焉然懼乎後世徒見王氏之興而不知吾世積漸之所以來者若此其可無銘乃來求銘銘曰

公世以貲施德于人至公貲衰乃施于官有子之一足大公門矧公多子多子多孫惟彼世德如流有源其來者遠愈積益蕃銘昭其昧以永厥存

張子野墓誌銘

吾友張子野既亡之二年其弟充以書來請曰吾兄

之喪將以今年三月某日葬于開封不可以不銘銘之莫如子宜嗚呼予雖不能銘然樂道天下之善以傳焉況若吾子野者非獨其善可銘又有平生之舊朋友之恩與其可哀者皆宜見於予文宜其來請於予也初天聖九年予爲西京留守推官是時陳郡謝希深南陽張堯夫與吾子野尚皆無恙於時一府之士皆魁傑賢豪日相往來飲酒歌呼上下角逐爭相先後以爲笑樂而堯夫子野退然其間不動聲氣衆皆指爲長者予時尚少心壯志得以爲洛陽東西之衝賢豪所聚者多爲適然耳其後去洛來京師南走

夷陵並江漢其行萬三四千里山砠水厓窮居獨遊思從曩人邈不可得然雖洛人至今皆以謂無如嚮時之盛然後知世之賢豪不常聚而交遊之難得為可惜也初在洛時已哭堯夫而銘之其後六年又哭希深而銘之今又哭吾子野而銘（一有之字）於是又知非徒相得之難而善人君子欲使幸而久在於世亦不可得（一有也）嗚呼可哀也已子野之世曰贈太子太師諱某曾祖也宣徽北院使樞密副使累贈尚書令諱遜皇祖也尚書比部郎中諱敏中皇考也曾祖妣李氏隴西郡夫人祖妣宋氏昭應郡夫人孝章皇后之

妹也妣李氏永安縣太君子野家聯台姻世久貴仕而被服操履甚於寒儒好學自力善筆札天聖二年舉進士歷漢陽軍司理參軍開封府咸平主簿河南法曹參軍王文康公錢思公謝希深與今參知政事宋公咸薦其能改著作佐郎監鄭州酒稅知閬州閬中縣就拜秘書丞秋滿知亳州鹿邑縣寶元二年二月丁未以疾卒于官享年四十有八子伸郊社掌坐次從次幼未名女五人一適人矣妻劉氏長安縣君子野為人外雖愉怡中自刻苦遇人渾渾不見圭角而志守端直臨事敢（一作果）決平居酒半脫冠垂頭童

然秃且白矣予固已悲其早衰而遂止於此豈其中亦有不自得者邪子野諱先其上世博州高堂人自曾祖已來家京師而葬開封今爲開封人也銘曰嗟夫子野質厚材良孰屯其亨孰短其長豈其中有不自得而外物有以戕開封之原新里之鄉三世于此其歸其藏

孫明復先生墓誌銘并序

先生諱復字明復姓孫氏晉州平陽人也少舉進士不中退居泰山之陽學春秋著尊王發微魯多學者其尤賢而有道者石介自介而下皆以弟子事之先

生年逾四十，家貧不娶。李丞相迪將以其弟之女（一作子）妻之，先生疑焉。介與群弟子進曰：「公卿不下士久矣，今丞相不以先生貧賤而欲託以子，是高先生之行義也，先生宜因以成丞相之賢名。」於是乃許。孔給事道輔爲人剛直嚴重，不安與人，聞先生之風，就見之。介執杖屨侍左右，先生坐則立，升降拜則扶之；及其往謝也亦然。魯人既素高此兩人，由是始識師弟子之禮，莫不歎嗟之。而李丞相、孔給事亦以此見稱於士大夫。其後介爲學官，語于朝曰：「先生非隱者也，欲仕而未得其方也。」慶曆二年，樞密副使范仲淹資政殿學士富弼言其道德經術宜在朝廷召拜校書郎國子監直講嘗召見邇英閣說詩（一有且字）將以為侍講而嫉之者言其講說多異先儒遂止七年徐州人孔直溫以狂謀捕治索其家得詩有先生姓名坐與監虔州商稅徙泗州又徙知河南府長水縣簽署應天府判官公事通判陵州翰林學士趙槩等十餘人上言孫某行為世法經為人師不宜棄之遠方乃復為國子監直講居三歲以嘉祐二年七月二十四日以疾卒于家享年六十有六官至殿中丞先生在太學時為大理評事天子臨幸賜以緋衣銀魚及聞其

喪惻然予其家錢十萬而公卿大夫朋友太學之諸生相與弔哭賻治其喪於是以其年十月二十七日葬先生於鄆州須城縣盧一作靈泉鄉之北邑原先生治春秋不惑傳註不為曲說以亂經其言簡易明於諸侯大夫功罪以考時之盛衰而推見王道之治亂得於經之本義為多方其病時樞密使韓琦言之天子選書吏給紙筆命其門人祖無擇就其家得其書十有五篇録之藏于秘閣先生一子大年尚幼銘曰聖既歿經更戰焚逃藏脫亂僅傳一作得存衆說乘之汩其原怪迂百出雜僞眞後生牵卑習前聞有欲患

之寡攻羣往往止燎以膏薪有勇夫子闢浮雲刮磨蔽蝕相吐吞日月卒復光破昏博裁功利無窮垠有考其不在斯文

居士集卷第二十七

熙寧五年秋七月男發等編定

紹熙二年三月郡人孫謙益校正

梅聖俞墓誌銘 於許（一作于許）見其（一作其識其）時邊將（三字上有是字）

孫明復先生墓誌銘 聖既歿經更戰焚（一作聖人既没經更焚）

墓誌六首

蔡君山墓誌銘

予友蔡君謨之弟曰君山，爲開封府太康主簿。時予與君謨皆爲館閣校勘，居京師，君山數往來其兄家，見其以縣事決於其府，府尹吳遵路素剛好以嚴憚下吏，君山年少位卑，能不懾屈而得盡其事之詳，吳公獨喜以君山爲能，予始知君山敏於爲吏，而未知其他也。明年，君謨南歸拜其親，夏，京師大疫，君山以疾卒于縣，其妻程氏一男二女皆幼，縣之人哀其貧以錢二百千為其賻程氏泣曰吾家素以廉為吏不可以此污吾夫拒而不受於是又知君山能以惠愛其縣人而以廉化其妻妾也君山間嘗語予曰天子以六科策天下士而學者以記問應對為事非古取士之意也吾獨不然乃晝夜自苦為學及其亡也君謨發其遺藁得十數萬言皆當世之務其後踰年天子與大臣講天下利害為條目其所改更於君山之藁十得其五六於是又知君山果天下之奇才也君山景祐中舉進士初為長谿縣尉縣媪二子漁於海而亡媪指某氏為仇告縣捕賊縣吏難之皆曰海有

風波豈知其不水死乎且雖果為仇所殺若屍不得則於法不可理君山獨曰媪色有冤吾不可不為理乃陰察仇家得其迹與媪約曰吾與汝宿海上期十日不得屍則為媪受捕賊之責凡宿七日海水潮二屍浮而至驗之皆殺也乃捕仇家伏法民有夫婦偕出而盜殺其守舍子者君山亟召里民畢會環坐而熟視之指一人曰此殺人者也訊之果伏衆莫知其以何術得也長谿人至今喜道君山事多如此曰前史所載能吏號如神明不過此也自天子與大臣條天下事而憂下舉吏之法尤欲官無小大必得其材

方求天下能吏而君山死矣此可爲痛惜者也君山諱高享年二十有八以某年某月某日卒今年君謨又歸迎其親自太康取其柩以歸將以某年某月某日葬于其所且謂予曰吾兄弟始去其親而來京師欲以仕宦爲親榮今幸還家吾弟獨以柩歸甚矣老者之愛其子也何以塞吾親之悲子能爲我銘君山乎乃爲之銘曰

嗚呼吾聞仁義之行于天下也可使父不哭子老不哭少（一作幼）嗟夫君山不得其壽父母七十扶行（一作杖）送柩退之有言死孰謂天子墓予銘其傳不朽庶幾

以此慰其父母

黄夢升墓誌銘

予友黄君夢升，其先婺州金華人，後徙洪州之分寧。其曾祖諱元吉，祖諱某，父諱中雅，皆不仕。黄氏世爲江南大族，自其祖父以來，樂以家貲賑鄉里，多聚書以招（一有延字）四方之士。夢升兄弟皆好學，尤以文章意氣自豪。予少家隨（一有州字），夢升從其兄茂宗官于隨。予爲童子（一作予時爲童子，無下四字），立諸兄側，見夢升年十七八，眉目明秀，善飲酒談笑。予雖幼，心已獨奇夢升（一作已能知夢升爲可奇其）。後七（一作八九）年，予與夢升皆舉進士於京師夢升得丙科，初任興國軍永興主簿，怏怏不得志，以疾（一有解字）去。久之，復調江陵府公安主簿。時予（一作予時）謫夷陵令，遇之于江陵。夢升顏色憔悴，初不可識，久而握手嘘嚱，相飲（一作勞）以酒，夜醉起舞，歌呼大噱（一作自若）。予益悲夢升志雖衰，而少時意氣尚在也。後二年，予徙乾德令，夢升復調南陽主簿，又遇之于鄧間。常問其平生所爲文章幾何，夢升慨然歎曰：「吾已諱之矣。窮達有命，非世之人不知我（一有乃字），我羞道於世人也。」求之不肯出，遂飲之酒，復大醉，起舞歌呼，因（一有大字）笑曰：「子知我者（一作獨子知我）。」乃肯出其文，讀之（一無二字）博辨雄偉其一無此字意氣奔放猶一有若字不可禦予又益悲夢升志雖困而獨其一無二字文章未衰也是時謝希深出守鄧州尤喜稱道天下士予因手書夢升文一通欲以一本改欲以字為將示希深未及而希深卒予亦去鄧後之守鄧者皆俗吏一作庸人不復知夢升夢升素剛不苟合負其所有常怏怏無所施一作憤憤無所發卒以不得志死于南陽夢升諱注以寶元二年四月二十五日卒享年四十有二其平生所為文曰破碎集公安集南陽集凡三十卷娶潘氏生四一作其娶溫氏生三男二女將以慶曆四年某月某日葬于董坊之先塋一作葬于先塋之側其弟渭

泣而來告曰吾兄患世之莫吾知孰可爲其銘予素悲夢升者因爲之銘曰

予嘗讀夢升之文至於哭其兄子庠之詞曰子之文章電激雷震雨雹忽止闃然滅泯未嘗不諷誦歎息而不已嗟夫夢升曾不及庠不震不驚鬱塞埋藏孰與（一作予）其有不使其施吾不知所歸咎徒爲夢升而悲

大理寺丞狄君墓誌銘

距長沙縣西三十里新陽鄉梅溪村（一作距某縣東南若干里某原）有墓曰狄君之墓者迺予所記（一作紀）穀城孔子廟碑

所謂狄君栗者也始君居穀城有善政嘗已見於予文及其亡也其子遵誼泣而請曰願卒其詳而銘之以終先君死生之賜焉嗟予哀狄君者其壽止於五十有六其官止於一鄉丞蓋其生也以不知於世而止於是若其殁而又無傳則後世遂將泯没而爲善者何以勸焉此予之所欲銘也君字仲莊世爲長沙人幼孤事母鄉里稱其孝好一作力學自立年四十始用其兄棐蔭補英州眞陽主簿再調安州應城尉能使其縣終君之去無一人爲盜薦者稱其材任治民乃遷穀城令漢旁之民惟鄧穀爲富縣尚書銓吏常

邀厚賂以售貪令故省中私語（一有鄣穀二字）以一二數之惜為奇貨而二邑之民未嘗得廉吏其豪猾習以賕賄污令而為自恣至君一切以法繩之姦民大吏不便君之政者往往詐於其上雖按覆率不能奪君所為其州所下文符有不如理必輒封還州吏亦切齒求君過失不可得君益不為之屈其後民有訟田而君誤斷者訴之君坐被劾己而縣籍彊壯為兵有告訟田之民隱丁以規避者君笑曰是嘗訴我者彼冤民能自伸此令（一有養民）之所欲也吾豈挾此而報以罪邪因置之不問縣民繇是知君為愛我是歲西北初

用兵州縣既大籍彊壯而訛言相驚（警一作）云當驅以備邊縣民數萬聚邑中會秋大雨霖米踊貴絶粒君發常平粟賑之有司劾君擅發倉廩君即具伏事聞朝廷亦原之又爲其民正其稅籍之失而吏得歲免破產之患逾年政大洽乃脩孔子廟作禮器與其邑人春秋釋奠而興于學時予爲乾德令嘗至其縣與其民言皆曰吾邑不幸有生而未識廉吏者而長老之民所記纔一人而繼之者今君也問其一人者曰張及也推及之歲至于君蓋三十餘年是謂一世矣嗚呼使民更一世而始得一良令吏其可不愼擇乎

君其可不惜其歿乎其政之善者可遺而不録乎君用穀城之績遷大理寺丞知新州至則丁母夫人鄭氏憂服除赴京師道病卒于宿州實慶曆五年七月二十四日也曾祖諱崇謙連州桂陽令祖諱文蔚全州清湘令父諱杞不仕君娶滎陽鄭氏生子男二人遵誼遵徽皆舉進士（一無四字）女四人長適進士胡純臣其三尚幼其（一無其字）銘曰

彊而仕古之道終中壽不爲夫善在人宜有後銘于石著不朽

薛質夫墓誌銘

故大理寺丞薛君直孺字質夫資政殿學士贈禮部尚書簡肅公之子母曰金城（一有郡字）夫人趙氏質夫生四歲為殿直公為參知政事拜大理評事遷將作監丞景祐元年公薨天子推恩於其孤拜大理寺丞公以忠直剛毅顯于當世質夫為名臣子能純儉謹飭好學自立以世其家公葬絳州質夫自京師杖而行哭至于絳州行路之人皆哀嗟之質夫少多病後公六年以卒享年二十有四初娶向氏某人之孫某人之女再娶王氏某人之孫某人之女皆無子嗚呼簡肅公之世於是而絕孟子曰不孝有三無後為大此

為舜娶妻而言耳，非萬世之通論也。不娶而無後，罪之大者可也；娶而無子，與夫不幸短命，未及有子而死，以正者，其人可以哀，不可以為罪也。故曰孟子之言非通論，為舜而言可也。貧夫再聚皆無子，不幸短命而疾病以死，其可哀也，非其罪也。自古賢一作聖人君子未必皆有後，其功德名譽垂世而不朽者，非皆因其子孫而傳也。伊尹、周公、孔子、顏回之道著于萬世，非其家世之能獨傳，乃天下之所傳也。有子莫如舜，而瞽不得為善人，卒為頑父，是為惡者有後而無益，為善雖無後而不朽。然則為善者可以不懈，為餡肅公者可以無憾也使簡肅公無憾質夫無罪全其身終其壽考以從其先君于地下復何道哉其娶簡肅公之女質夫之妹也常哀質夫之賢而不幸傷簡肅公之絶世閔金城夫人之老而孤故為斯言庶幾以慰其存亡者已悲夫銘曰

死而有祀四世之間死而不朽萬世之傳簡肅之德質夫之賢雖其闕矣久也其存

隴城縣令贈太常博士呂君墓誌銘

君（一本上有呂字）諱士元字佐堯江寧人也咸平二年舉明經為潭州醴陵尉廬州司理參軍寧州彭原廣州四

會縣令又爲湖州司理泗州録事叅軍吉州太和秦州隴城縣令以疾卒于官享年六十有五娶閻氏生子四人曰淵曰溱曰淙曰淇閻氏年七十三後君十五年以辛子淙後其母三月卒以慶曆八年十二月二十日以閻氏之喪合葬于楊州江都縣東興鄉馬坊村先塋之次君爲人剛介有節長於爲政醴陵太和皆大邑民喜鬭訟往往因事中吏以法吏多不免而君日與長吏爭曲直下爲邑民伺候終無毫髮過失可得而民卒愛思之四會近海俗雜蠻夷君尤知其人之利害事所經決後有欲輙改更者民必自言

于廷曰此吕君所決豈可動邪後人亦莫能改也君仕三十餘年以一縣令之禄衣食其族四十餘口雖薄而必均夫人閻氏尤能爲勤儉子淵溱皆舉進士溱有賢材以文學選中第一今淵爲祕書丞溱著作郎直集賢院以溱官得封贈贈君太常博士母夫人封天長縣太君嗚呼吕君官雖卑惠於其民足以爲政禄雖薄周於其族足以爲仁身雖不顯而有子以大其門足以彰爲善之効君之皇祖諱裕贈兵（一作工）部尚書皇考諱文膺官至太子左贊善大夫自宋興百年間吕姓之族五顯于世君之叔父刑部侍郎集

賢院學士文仲實爲先朝名臣而令君有賢子又將顯吕氏之族于後於其葬也是宜銘以誌其銘（一作墓）曰

善無不報報不必同或在其後或及其躬積久發遲逾（一作愈）遠彌昌如其不信考此銘章

尹師魯墓誌銘

師魯河南人姓尹氏諱洙然天下之士識與不識皆稱之曰師魯蓋其名重當世而世之知師魯者或推其文學或高其議論或多其材能至其忠義之節處窮達臨禍福無愧於古君子則天下之稱師魯者未

必盡知之師魯爲文章簡而有法博學彊記通知今古（一作古今）長於春秋其與人言是是非非務窮盡道理乃已不爲苟止而妄隨而人亦罕能過也遇事無難易而（一無此字）勇於敢爲其所以見稱於世者亦所以取嫉於人故其卒窮以死師魯少舉進士及第爲絳州正平縣主簿河南府戶曹參軍邵武軍判官舉書判拔萃遷山南東道掌書記知伊陽縣王文康公薦其才召試充館閣校勘遷太子中允天章閣待制范公貶饒州諫官御史不肯言師魯上書言仲淹臣之師友願得俱貶貶監郢州酒稅又徙唐州遭父喪服除

復得太子中允、知河南縣。趙元昊反，陝西用兵，大將葛懷敏奏起為經略判官。師魯雖用懷敏辟，而尤為經略使韓公所深知。其後諸將敗於好水，韓公降知秦州，師魯亦徙通判濠州。久之，韓公奏得通判秦州，遷知涇州，又知渭州，兼涇原路經略部署。坐城水洛與邊臣（一作將）異議，徙知晉州，又知潞州，為政有惠愛，潞州人至今思之。累遷官至起居舍人、直龍圖閣。師魯當天下無事時，獨喜論兵，為叙燕、息戍二篇行于世。自西兵起，凡五六歲，未嘗不在其間，故其論議益（一作亦）精密，而於西事尤習其詳。其為兵制之說，述戰守勝敗之要盡當今之利害又欲訓士兵代戍卒以減邊用為禦戎長久之策皆未及施為而元昊臣西兵解嚴師魯亦去而得罪矣然則天下之稱師魯者於其材能亦未必盡知之也初師魯在渭州將吏有違其節度者欲按軍法斬之而不（一作未）果其後吏至京師上書訟師魯以公使錢貸部將（一作訟師魯自盜）貶崇信軍節度副使徙監均州酒稅得疾無醫藥舁至南陽求醫疾革隱（一作憑）几而坐顧稚子在前無甚憐之色與賓客言終不及其私享年四十有六以卒師魯娶張氏某縣君有兄源字子漸亦以文學知名前一

歲卒師魯凡十年間三貶官喪其父又喪其兄有子四人連喪其三女一適人亦卒而其身終以貶死一子三歲四女未嫁家無餘貲客其喪于南陽不能歸平生故人無遠邇一作近皆往賻之然後妻子得以其柩歸河南以某年某月某日葬于先塋之次余與師魯兄弟交嘗銘其父之墓矣故不復次其世家焉銘曰

藏之深固之密石可朽銘不滅

居士集卷第二十八

熙寧五年秋七月男發等編定

紹熙二年二月郡人孫謙益校正

黄夢升墓銘後二年（一作後又二年）飲之酒（之一作以）獨其文章未衰也（一作文章獨未衰）因爲（一作乃爲）

又別本南陽主簿黄君墓誌銘

予友黄君夢升，其先婺州金華人，後徙洪州之分寧。其曾祖諱某，祖諱某，父諱某，皆不仕。黄氏世爲江西大族，自其祖父以來樂以家貲賑施鄉里多聚書以招延四方之士夢升兄弟皆好學尤以文章意氣自豪予少家隋州夢升從其兄官于隋予時爲童子見夢升年十七八眉明秀善飲酒談笑予雖幼已能知夢升爲可奇其後八九年與予皆舉進士于京師夢升得丙科初任興國軍永興主簿怏怏不得志以疾解去久之復調江陵府公安主簿予時謫夷陵令遇之于江陵夢升顔色憔悴初不能識久而握手吁嚱相勞以酒夜醉起舞歌呼自若予益悲夢升志雖衰而少時意氣尚在也後又二年予從

乾德令夢升復調南陽主簿又遇之于鄧間嘗問其平生所爲文章幾何夢升慨然曰吾已諱之矣窮達有命非世人不知我乃我羞道於世人也求之不肯出遂飲以酒復大醉起舞歌呼因大笑曰獨子知我者也乃肯出其文其博辯雄偉意氣奔放猶若不可禦予又益悲夢升志雖困而其文章獨未衰也是時謝希深守鄧州尤喜稱道天下士予因手書夢升文一通將示希深未及而希深卒予亦去鄧後之守鄧者皆庸人不復知夢升夢升素剛不苟合負其所有常憤憤無所發卒以不得

志死于南陽夢升諱注以寶元二年四月某日卒享年四十有二其平生所為文曰破碎集公安集南陽集凡若干卷其娶温氏生四男二女以其年某月某日葬于先塋之側其弟渭泣而來告曰吾兄患世之莫知孰可為其銘予素悲夢升者乃為之銘曰

予嘗喜讀夢升之文至於哭其兄子庠之辭曰子之文章電激雷震雨雹忽止闃然滅泯未始不諷誦嘆息而不已嗟夫夢升曾不及庠不震不驚鬱塞埋藏孰予其有不使其施吾不知夫歸咎徒為

夢升而悲

與黄渭小簡

脩啓多事不及周謹鄙文或可刊石望只依首尾不須添他語亦不必平空及不用官銜惟書刻人欲署姓名無妨墨本乞三五紙乍别保愛脩再拜

叔祖夢升學問文章五兵從横制作之意似徐陵庾信使同時遇合未知孰先孰後也然不幸得人間四十年尔使之白髮角逐於英俊之場又未知與歐陽文忠公孰先孰後也夢升既乖牾不逢嘗以文哭世父長善云高明之家尚爲

鬼瞰子之文章豈無物憾蓋自道也安世十三弟秀而不實使人氣塞於今孫曾特多英妙之質力學不休安知來者之不如今也紹聖元年五月諸孫庭堅記

右黄夢升墓銘公年三十八所作眞蹟今藏輿國軍吴氏字畫端麗雖似淨本然亦間有塗改校今衆本凡增損異同七十餘字疑公後嘗修潤或傳寫差訛今録示後人併以元帖并山谷跋附焉

黄君墓銘 至君一作君至

墓誌六首

尚書主客郎中劉君墓誌銘 并序

君諱立之，字斯立，姓劉氏，吉州臨江人也。曾祖諱逵，祖諱璵，當五代時避亂，皆不仕。父諱式，官至尚書工部員外郎，掌三司磨勘十餘年，能其職，世以其官名其家。君少孤，能自立，舉進士，爲福州連江尉、睦州青溪主簿、宣州南陵令，改大理寺丞，知婺州金華縣、太子中舍，知梓州中江縣，通判瀘州。瀘州接西南夷，常用武人爲守，而夷數怨叛，議者以謂武人不習夷情以生患宜得能吏通判州事君始以材選至則為明約束止侵欺曰必使信自我始吏人安之凡君之所更立至今用（一作四）以為法而吏亦至今不叛通判常州知高郵軍累遷殿中丞國子博士尚書虞部比部員外郎知潤州皆有能政以能選為提點福建路刑獄察獄之寃死者奏黜知泉州蘇壽與其通判張太沖福建七州皆震悚（一作慄）御史考其課為天下第一遷司勳員外郎開封府判官判湖北路轉運使坐舉官免杜衍李若谷范仲淹等皆言方天下多事時（一作方今天下多事）如劉某者不宜久居于家（一作外）乃復起為比

部員外郎知漣水軍言事者以謂自元昊反一方用兵而天下之民弊財絀於上而盜起於下然州縣吏猶習故態苟簡弛壞一作隳如無事時於是大選轉運使以按察諸路君以選為荆湖北路轉運使他路繩吏或過急而被按劾者多不服君所舉察簡而一作其賢否無不當是時廣西湖南夔峽諸蠻皆叛亂君所部下溪辰州彭氏蠻亦折誓柱招集亡命移書州縣州縣使人往者一無者字輒因辱侮慢一作侮慢辱四辰鼎澧一作鼎辰澧三州守吏皆言蠻叛有迹請加兵詔書問君君曰蠻道辰溪落鶴水悍激可下不可上其必不敢輒

出而辰州土丁勝兵者三萬人宜積粟利兵爲備而已因言蠻類雖人宜鳥獸畜其小嘲啾抵觸驅而遠之耳若必擾伏制從至戾其性則噪呼跑跳駭起而奔突乃欲力追而捕之則散漫山林我弊而彼逸凡湖廣之患皆如此也天子以其言然下三州毋得妄動一聽君所爲而蠻亦卒無事復爲司勳員外郎判三司度支句院改鹽鐵判官假太常少卿接伴契丹使者遂送之明年遂使于契丹還言澶魏築河堤非其時必難成雖成必決不如因其所趣而導之利後河果決商胡君仕宦四十年不營産業自復爲司勳

負外郎遂不復求磨勘凡三遷皆爲知者所薦爲人沉敏少言笑與人寡合而喜薦士士由君薦者多爲聞人天章閣待制杜杞田瑜是也轉運鹽鐵皆掌財賦而君常以民爲先其調率有可免免之其不得已（一有費字）必爲處畫使吏不能因緣而民不重費（一作困）其守官不爲勢牽（一作奪）不爲利奪（一作牽）爲青溪主簿時知州事李階通判朱正辭者皆（一有世字）號強吏喜負其能以折辱下士士皆承望奔走不暇獨君數以事争而二人者常輒屈其始皆怒後卒歎服共薦之其通判瀘州州有鹽井蜀大姓王蒙正請歲倍輸以自占

蒙正與莊獻明肅（一有皇字）太后連姻轉運使等皆不敢與奪君曰倍輸於國家猶秋毫耳柰何使貧民失業遂執不與鄂州官歲市茶五百（一作十）萬斤君爲轉運使時三司請益（一無益字）市一百萬君上言曰鄂人利茶以爲生今官市之多反以茶爲病縱不能减柰何增之天子爲君許寬一年君曰事苟可行何必一年如其不可雖寬十年不可也爭之不已後卒爲君罷之君在鹽鐵次當舉官掌其事（一作其人爲）三司使欲用其私人以空名狀請君署君不肯署而求舉者姓名三司使不悅卒命他判官舉之其後三司使竟坐所舉

罷慶曆八年五月遷主客郎中益州路轉運使其年十一月七日卒于官享年六十有四夫人臨沂縣君王氏贈尚書右僕射礪之女先君若干年卒五子元卿眞卿亦早亡敞今爲大理評事敍鳳翔府推官皆賢而有文章放太廟齋郎尚幼四女三適人一尚幼以其年某月某日葬于某縣某鄉某原銘曰

劉氏顯晦以時亂治有聲王朝自君再世惟德之貽是將又大昌知其然君實有子

翰林侍讀學士右諫議大夫楊公墓誌銘

慶曆八年春翰林侍讀學士右諫議大夫楊公年六

十有九告老即以工部侍郎致仕歸于常州其行也天子召見宴勞賜以不拜公卿大夫咸出餞于東門瞻望咨嗟相與言曰楊公歸哉於公計為可榮於國家計為可惜其明年九月十三日公疾革出其兵論一篇示其子忱慥而授以言曰（一有臣闕二字）臣子雖死不敢忘其君父者天下之至恩大義也今臣偕不幸猶以垂閉之口言天下莫大之憂為陛下無窮之慮者其事有五以畢臣志死無所恨惟陛下用臣言不必哀臣死也言訖而卒不及其私忱慥以其語并其兵論以聞天子震悼顧有司問可以寵公者有司舉故

事以對天子曰此何足以慰吾思乃詔特贈公兵部侍郎公少師事种放學問爲文章長於議論好讀兵書知古兵法以謂士不兼文武不足任大事當四方無事時數上書言邊事後二十餘年元昊叛河西契丹舉衆違約三邊皆警天下弊於兵公於此時耗精疲神日夜思慮創作兵車陣圖刀楯之屬皆有法天子以步卒五百如公之法試于庭以爲可用而世多非其刀楯脩嘗奉使河東得邊將王吉言元昊出兎毛川爲吉所敗者用揚公刀（一有楯）楯也蓋世未嘗用其術爾然公素剛（一作剛直）少合而議者不一故不得盡用

其言夏竦經略陜西請益置土兵公言竦據内地無破賊之謀而坐請益兵葢虞敗事則欲以兵少爲解竦復論公不忠沮計公不能忍以語詆之其後三路農民壯者咸墨爲兵公又言兵在精不在衆衆而不練則不整而易敗困國而難供時自將相大臣議者皆務多兵獨公之論能如此劉平兵敗元昊圍延州甚急而救兵不至公在河中乃僞爲書馳告延州救兵十萬至矣因命旁郡縣具芻粮什器如其數以俟已而元昊亦解去後公守并州即詔公爲并代麟府路經略安撫招討等使兼兵馬都部署公執勑告其

羣吏曰天子用我矣然任其事必圖其効欲責其効必盡其方乃列六事以請曰能用臣言則受命不然則已朝廷難之公論不已坐是徙知邢州公志之不就皆此類也公嘗爲御史章獻太后兄子劉從德爲團練使以卒其門人親戚厮養用從德拜官爵者數十人馬季良以劉氏壻爲龍圖閣直學士公上書言漢吕太后王禄産欲彊其族而反以覆宗唐武三思楊國忠之禍不獨其身幾亡其國太后大怒貶監舒州酒税居二歲復召爲御史言事愈切公祥符元年進士及第以上書言事眞宗奇之召試不赴拜著作

佐郎累官至工部侍郎爲天章閣待制龍圖閣樞密直學士遂侍講于翰林嘗爲審刑院詳議官知淮陽江陰軍三司度支判官知御史雜事判吏部流内銓三司度支副使河北河東都轉運使知河中府陜并邢滄杭五州所至皆有能績（一作稱）爲人廉潔（一作平）剛直少屈而難犯其仁心愛物至其有所能容人多所不及也公（一有諱偕二字）字次公曾祖諱偉祖諱某父諱守慶初娶張氏又娶李氏又娶李氏（一無此八字）又娶王氏太原郡君（一有六孫景略景亮景謨景道景直景彦十四字　直一作宣）公卒之明年秋其子忱以其喪歸于河南又明年二月十七日

葬于洛陽縣宣武管平洛鄉之先塋公有文集十卷兵書十五卷讀其書可以見公之志考其始終之節可以知公之心嗚呼可謂忠矣脩爲諫官時嘗與公爭議一作言于朝者而且未嘗識公也及其葬也其子不以銘屬於他人而以屬脩者豈以脩言爲可信也歟然則銘之其可不信銘曰

遠矣楊氏有來其一作其來有始赤泉侯功與漢俱起震官太尉四世以公於陵正直僕射于唐師復理卿振左拾遺文蔚獲嘉其後益衰避亂中州曾祖始一作遷南祖巫偽邦令于烏江又適南粤皇考是生晦顯一作

瀕海有時發于皇明在考司馬始仕坊州遂家中一作内部道德之優司馬四子唯公克大非徒大之將又長之世有官族孰無繫譜或絶於微或亡其序不絶不亡由屢有人誰如楊世愈久而蕃次第一作後嗣弗迷昭穆緜聯公其歸此一作争安千萬年

供備庫副使楊君墓誌銘

君諱琪字寶臣姓楊氏麟州新秦人也新秦近胡以戰射爲俗而楊氏世以武力雄其一方其曾祖諱弘信爲州刺史祖諱重勳又爲防禦使太祖時爲置建寧軍於麟州以重勳爲留後後召以爲宿州刺史保

靜軍節度使卒贈侍中父諱光扆以西頭供奉官監麟州兵馬卒于官君其長子也君之伯祖繼業太宗時爲雲州觀察使與契丹戰歿贈太師中書令繼業有子延昭真宗時爲莫州防禦使父子皆爲名將其智勇號稱無敵至今天下之士至於里兒野豎皆能道之君生於將家世以武顯而獨好儒學讀書史爲人材敏謙謹沈厚意恬如也初以父卒于邊補殿侍後用其從父延昭任爲三班奉職累官至供備庫副使階銀青光禄大夫爵原武伯李溥爲發運使以峻法繩下吏凡溥所按行吏皆先戒以備而溥至多不

免其黜廢者數百人其聞溥來輒惶懼自失至有投水死者君時年最少為奉職監大通堰去溥治所尤近溥嘗夜挐輕舟猝至按其文簿視其職事如素戒以備者溥稱其才君所歷官無不稱職其後同提點河東京西淮南三路刑獄公事君歎曰吾本武人豈足以知士大夫哉然其職得以薦士亦吾志也其所舉者二百餘人往往為世聞人嘗坐所舉一人罰金君喜曰古人拔士十或得五而吾所薦者多矣其失者一而已君少喪父事其母韓夫人以孝聞後以恩贈其（一無此字）父左驍衛將軍母夫人南陽縣太君初娶

慕容氏又娶李氏有子曰畋賢而有文武材今為尚書屯田員外郎直史館君以皇祐二年六月壬戌卒于淮南年七十有一皇祐三年十月甲申畋以其喪合慕容氏之喪葬于河南洛陽杜澤原銘曰

楊世初微自河西彎弓馳馬耀一作躍邊陲桓桓侍中國彝毗太師防禦傑傑然奇名聲累世在羌夷時平文勝武力衰温温供備樂有儀好賢舉善利豈私愷悌君子神所宜康寧壽考順全歸有畋為子後可知

太子中舍王君墓誌銘

王君之皇考曰贈衛尉少卿諱某皇妣曰南充縣太

君胥氏皇祖諱其皇曾祖諱某君諱汲字師黯娶胡氏一有口字安定縣君子男三人女五人男曰尚恭尚喆尚辭初天聖明道之間予為西京留守推官時王君寓家河南其二子始習業國子學日從諸生請學於予較其藝常為諸生先而尚恭尤謹飭儼然有儒者法度予固奇王君之有是子也以故與君游而君性簡質重然諸臨事而敏與之游者必愛其為人其後二子者果皆以進士中第予亦罷去不復遇王君且七年矣而尚恭來請曰不幸吾先人之亡將以今年某月甲子葬于河南某縣某鄉之某原宜得銘于石

以誌諸後世一有予嘗嘉尚恭而從王君遊十字乃爲次其世而作銘以遺之云

惟王氏之先長安萬年四代之祖刺史璧州遭巢猾唐得果而留卒葬西充爲鄉璧公王孟有蜀或家或禄三世不遷自君東還始家河南廣文之生舉三不中任仕以凡主簿之甲試原武密晉城是令政專自出令政有稱遷理之丞藍田夏雒三邑皆聞壽五十九終中舍人在雒逢饑餔粟不殍褒功勸吏天子有詔雒人染癘躬之不避以死勤民在法宜祀刻詩同藏惟世之揚

尚書工部郎中歐陽公墓誌銘

歐陽氏世為廬陵人廬陵於五代時屬僞吴故歐陽氏在五代無聞者淳化三年脩仲父府君始以進士中乙科（一作太宗時脩仲父府君始以進士中淳化三年乙科）其後為御史有能名眞宗嘗自擇御史府君以秘書丞（一有召字）見見者數人皆進自稱薦惟恐不用府君獨立墀下無所說（一作無言）明（一作翌）日拜監察御史中丞王嗣宗指曰是獨立墀下者眞御史也（一有會字）絳州守齊化基犯法制劾其事化基嗣宗素所惡者諷之欲使蔓其獄府君（一有遽拒二字）曰如詔（一作如制所劾）而已嗣宗怒及獄上奏用他吏覆之（一有他吏二字）索其家得（一有金塗二字）銅器十數

府君坐鞫獄不盡免官明年復得御史監蘄州稅又明年遷殿中侍御史左巡使居二歲奏事殿中眞宗識之勞曰御史久矣亦勞乎問何所欲府君謝不任（一作稱）職而已後數日眞宗語宰相與轉運使宰相疑其有求而不先白已對以負無闕復使與一大郡宰相召至中書問御史家何在欲郡孰爲便對曰無不便宰相怒與海州又移睦州天禧元年入遷侍御史二年出知泗州先是京師歲旱有淨圖人斷（一作有僧某者用浮屠術斷）一臂禱雨官爲起寺於（一有淮上二字）龜山自京師王公大臣皆禮下之其勢傾動（一無動字）四方又誘民男女

投淮水死，曰佛之法用此得大利，而愚民歲死淮水者幾百(一作常數十)人。至其臨溺時，用其徒倡呼前後擁之以入，至有自悔欲走者(一無者字)，叫號不得免(一作而叫號不得免者)。府君聞之，驚(一作大駭)曰：「害有大(一作甚)於此邪？」盡捕其徒，詰其姦民，誅數(一作十餘)人，遣還鄉里者數百人，遂(一作而)毀其寺。入轉尚書司封員外郎、三司戶部判官。六年，為廣南東路轉運使。前為使者以市舶物代俸錢，其利三倍。府君歎曰(一作嶺南舊以市舶司物代轉運使俸錢，其利三倍，前為使者相襲久而不變，府君至則歎曰)：「利豈吾欲邪？」使直以錢為俸。今上即位，就轉工部郎中。秩滿，以一弊舟還，無一海上物歸朝賜金紫爲兩浙路轉運使以足疾求知江州天聖四年又求分司未得命以其年二月某日卒於江州之廨享年六十有八以某年某月某日葬某所曾祖諱某祖諱某僞唐吉州軍事判官父諱某僞唐屯田員外郎娶朱氏封金壇縣君先府君以卒嗣子鑒一有今字爲右侍禁武昌巡檢女二人長適某次未嫁府君諱載字則之性方直嚴謹一有美儀容治身儉薄簡言語爲政務清淨平居斂色而一作常正依獨坐如對大賓終日不少懈一作不少色弛人用憚之驀舉下吏人未嘗一作不之知後有知者來謝皆拒不納所至官舍未嘗窺園

圖至果爛墮地家人無敢取者其清如此銘曰

唐濊盜猖土裂四一作食有一方鍾氏於洪入一作入州自王傳死子時敗臣于楊自梁迄周廬陵儀邦歐陽是家世以不章一作彰違命之侯廬陵王士歐陽有聞始我仲父以貢中科來者繼武仲父之材御史其能廉清儉恭直躬以行銘以藏之子孫之承

少府監分司西京裴公墓誌銘

君諱德裕一作谷字某姓裴氏河中萬泉人也其九世祖耀卿為唐名臣曾祖諱某祖諱某贈左千牛衛大將軍父諱濟以智勇事太宗皇帝從李繼隆擊契丹

於唐河屢立戰功守鎮定十餘年威惠著于北邊咸平中李繼遷叛河西以內客省使順州防禦使守靈州繼遷連歲攻之城守堅不能下繼遷擊破清遠軍而粮道絶救兵不至城乃陷遂歿于賊贈鎮江軍節度使累贈尚書令兼中書令追封吴國公方其歿也詔録其子孫君以長子自四門助教拜太子右贊善大夫累官至少府監階朝奉大夫勲上柱國爵開國侯以老分司西京許居于京師某年某月某日以疾卒于家享年七十有六君為人質重寛易居父喪盡哀宗族稱其孝得父金帛悉分諸弟不有其一錢其

爲吏廉清不擾歷監藥蜜庫店宅務泗一作明州糧料院宿州酒稅知明州奉化興元南鄭二縣同判吏部南曹通判南京留守司知蓬絳解虢澤沂六州皆有能政喜自晦默如不能言予嘗問其解之鹽池君解析纖密自前世功利沿革損益條布如在目前寶元中嘗上書論茶鹽利害多所施行其聽獄訟敏決數得疑獄皆強吏所不能辨者及平居議法必以仁恕爲本君初名德昌前娶康氏後娶趙氏封平原郡君有賢行子男三人士倫士林大理寺丞士傑衛尉寺丞女八人長適右侍禁張用之次適大理寺丞薛寅

集賢校理孫錫大理寺丞丁某殿中丞孫祖慶庫部員外郎張承懿集賢校理王益柔以某年某月某日葬君于河南登封縣之某原其孤士傑來請銘以葬銘曰

裴始絳人於唐顯聞偉歟文獻八世有孫守節蹈義厥聲以振忍生而耻亦終以死死義之学令名不已豈惟令名報德之隆延延裴氏其賴無窮少府之賢寬恭信厚保身承家多其禄壽壽豐于躬禄及其嗣爰告後人俾知所自

居士集卷第二十九

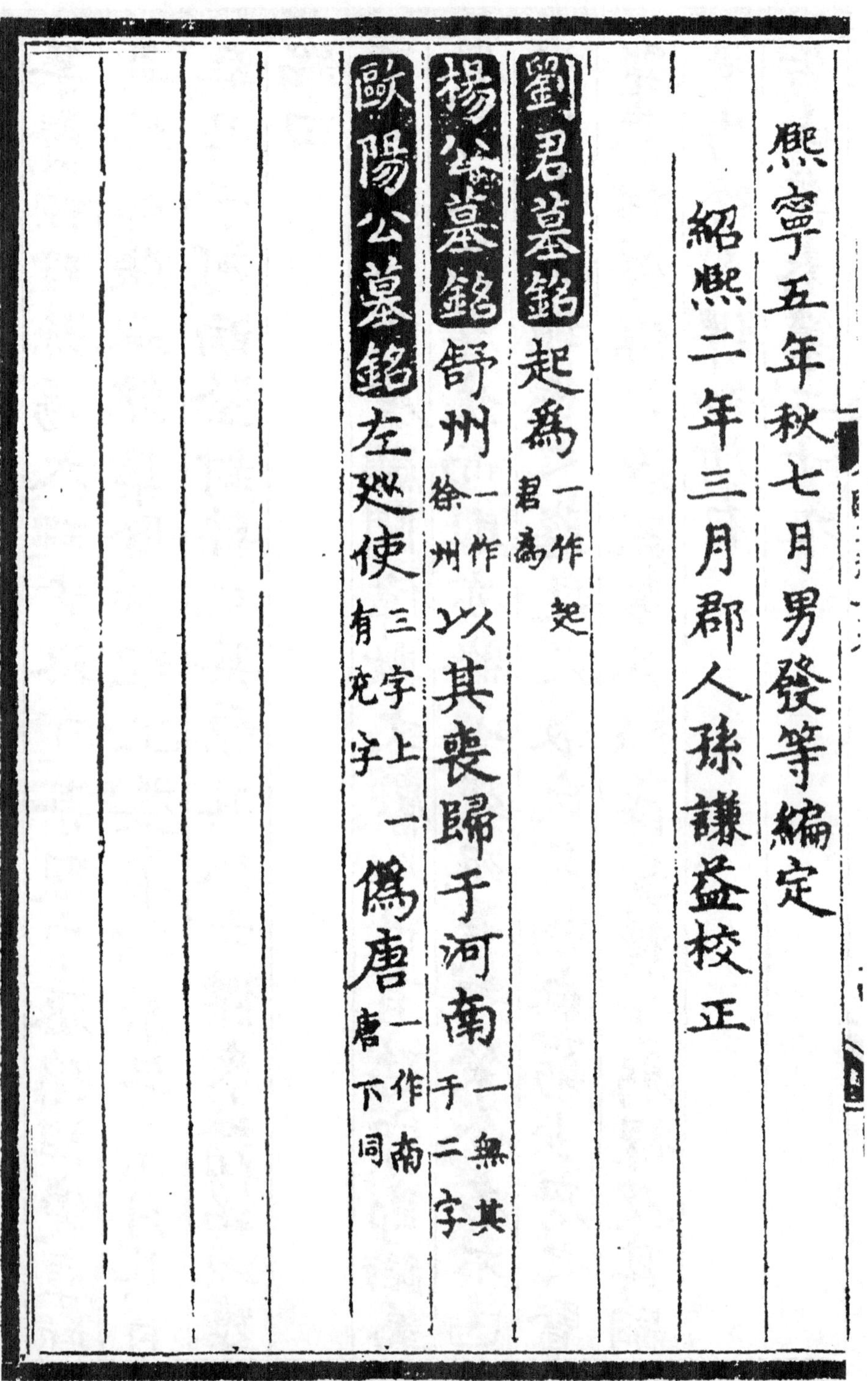

熙寧五年秋七月男發等編定

紹熙二年三月郡人孫謙益校正

劉君墓銘 起爲一作起君爲

楊公墓銘 舒州一作徐州以其喪歸于河南一無其于二字

歐陽公墓銘 左巡使三字上一有充字 僞唐一作南唐下同

居士集卷第三十　　歐陽文忠公集三十

墓誌四首

翰林侍讀學士右諫議大夫贈工部侍郎張公墓誌銘并序

翰林侍讀學士朝散大夫右諫議大夫上柱國清河縣伯張公諱錫字貺之其先京兆長安人也其祖山甫從唐僖宗入蜀留不返蜀遭王孟再亂絶於中國中國更五代天下爲宋而蜀平張氏留蜀蓋亦已五世矣始得去爲漢陽人又二世而張氏遂以大顯公爲人清方敏默爲善不倦而喜自晦斂若不欲人

知其遇人怡怡若無所不可及視其發施於事者其義有可畏其守有不可奪其能有不可及既已則若未嘗有所爲者少喜讀書至其疾革猶不釋手自經史子集百家之説無不記覽通達而絶口不道於人故其（一無此字）晚始侍讀于中上嘗歎曰自吾得張錫日益有所聞以飛白爲博學二字賜之曰錫老矣恨得之晚也公初舉進士中大中祥符元年甲科試秘書省校書郎知南昌縣遷萍鄉令改著作佐郎又知安遠縣徙知新州興學校以教新人新人有進士自公始再遷太常博士監染院詔選能吏治畿縣公以選

知東明前爲令者闔門重簾以壅隔廢治公至則闢門去簾告其人曰吾所治者三而已彊恃力富恃貲刑恃贖者吾所先也其人以謂公言簡必信法簡必嚴於是豪勢者屈而善弱者伸縣以大治工部侍郎李及薦公材堪御史上曰李及清慎人未嘗妄有所舉此可信也乃以爲監察御史故相丁謂貶崖州至是議徙內地公疏言謂姦邪弄國罪當死無可憐且大臣竄逐本與天下棄之今復內還是違天下意由是止徙道州玉清昭應宫災坐火事劾當死者百餘人公疏言天災可畏不可反以罪人而重天怒願益

脩德以塞讒人乃獲免公於御史自監察歷殿中侍御史侍御史知雜事於尚書爲員外郎郎中累官至諫議大夫於外爲荆湖北路京東河北轉運使江淮（一有南字）兩浙荆湖發運制置使利夔路安撫使知河中府滑州於三司爲鹽鐵判官判句院歷鹽鐵度支户部副使又嘗權知諫院判三班審官院太常寺國子監於侍從爲天章閣待制龍圖閣直學士翰林侍讀學士雖其（一作其雖）自晦其所居人皆以爲宜其在京東籍淄青齊濮濟鄆六州之人冒耕河壖地收租緡絹歲二十八萬而六州之民爭訟遂息其後言利者請

稅天下橋渡以佐軍公建言津梁利人而反稅之以爲害卒爭罷之平居退讓未嘗肯爲人先妖賊王則反貝州兵圍久不克而自河以北軍餉調發益急轉運使受命者以疾留不行公自滑州權河北轉運使命至即日馳城下軍須皆如其期其於取舍緩急常如此公居家有常法雖貴顯衣服飲食如必賤時事母至孝與族兄甚相友愛人以爲同產爲文章有集一十卷公以皇祐元年七月十日遇疾卒于京師享年六十有八上聞震悼以白金三百兩賜其家特贈工部侍郎曾祖諱惟序不仕祖諱文翼復州録事參軍贈

太子中舍父諱龜從贈右諫議大夫母南陽郡太君鄧氏自皇祖中舍君家于漢陽遂葬之至公始葬汝州之襄城某鄉某原（一作彰孝鄉保豐原）實五年閏七月十七日也公初娶程氏再娶孫氏封樂安郡君先公五十日而卒公子五人曰子駿子充子雲（一作瑾下同）子諒子眞子眞子充皆早卒於公之葬（一作終）也子駿子雲皆爲大理評事子諒大理寺丞有孫十人女三人長適虞部員外郎杜樞次早卒（幼）適大理寺丞王緯銘曰

自足乎其中不求乎其外斯惟公之善晦仁能勇於必爲善有應而無遠故公晦其終顯難於自進以晚

見嗟而壽胡不俾其遐嗚呼其奈何

兵部員外郎天章閣待制杜公墓誌銘

慶曆三年盜起京西掠商鄧均房叛兵燒光化軍遂守吏吏不能捕天子患之問宰相誰可任者宰相言度支判官尚書虞部員外郎杜君某名家子一有好字學通知古今宜可用乃以君爲京西轉運按察使居數月賊平叛兵誅死明年廣西歐希範誘白崖山蠻蒙趕襲破環州陷鎮寧帶溪普義有衆數千以攻桂管宰相又言前時杜某守横州言蠻事可聽宜知蠻利害天子驛召君見便殿所對合意即除君刑部員外郎

直集賢院廣南西路轉運按察安撫等使君至宜州得州人吳香及獄囚歐世宏晄其械使入賊峒說其酋豪君乘其怠急擊之破其五峒斬首數百級復取環州因盡焚其山林積聚希範窮迫走荔波洞蒙趕率偽將相數十人以其衆降君與將佐謀曰夫蠻習險恃阻如捕猩猱而吾兵以苦暑難久是進退遲速皆不可爲故常務捐䘮利以招之蓋威不足以制則恩不能以懷此其所以數叛也今吾兵雖幸勝然蠻特敗而來耳豈眞降者邪啖之以利後必復動乃慨然歎曰蠻知利而不知威久矣吾將先威而後信庶

幾信可立也（一無此字）乃擊牛爲酒大會環州戮其（一作之）坐中者六百餘人而釋其脅從與其非因敗而降者百餘人後三日兵破蕩波擒希範至并戮而醢之以醢賜諸溪峒於是叛蠻無噍類而君威震南海言事者論君殺降爲國失信於蠻貊天子置之不問詔書諭君賜以金帛君即上書引咎六年徙爲兩浙轉運使築錢塘堤自官浦至沙陘以除海患明年又徙河北轉運使召見奏事移刻天子益知其材賜金紫服以遣之是歲夏拜天章閣待制充環慶路兵馬都部署經略安撫使知慶州君言殺降臣也宜得罪

將吏惟臣所使其勞未録不敢先受命天子爲君悉録將吏賞之乃受命自元昊稱臣聽誓而數犯約抄一作撓邊邊吏避生事縱不敢爭君始至其酋孟香率千餘人内附事聞詔君如約君言如約當還而孟香得罪夏人勢無還理遣之必反爲邊患議未決夏人以兵入界求孟香孟香散走自匿夏兵驅殺邊户掠奪羊一作牛馬而求孟香益急朝議責君亟索而還之君言夏人違誓舉兵孟香不可與因移檄夏人不償所掠則孟香不可得夏人不肯償所掠君亦不與孟香夏人後亦不復敢動君治邊二歲有威愛皇祐二

年五月甲子疾卒于官享年四十有六天子震悼賻
卹其家以其子炤為一有守字秘書省校書郎君以蔭補
將作監主簿累官至尚書兵部員外郎階朝奉郎勳
護軍嘗以太子中舍知建陽縣除民無名租歲以萬
計閩俗貧嗇有老而生子者父兄多不舉曰是將分
吾貲君上書請立伍保俾民相察寘之法由是生子
得免閩人久之以君為德多以君姓字名其子曰生
汝者杜君也君諱杞字偉長世為金陵人其曾伯祖
昌業仕江南李氏為江州節度使江南國滅杜氏北
遷今為開封府開封人也曾祖諱某贈給事中祖諱

鎬官至龍圖閣學士尚書禮部侍郎父諱某贈尚書工部侍郎君初娶蔣氏封某縣君後娶徐氏封東海縣君女六人其二適人四尚幼子男一人炤也杜氏自君皇祖侍郎以博學爲世儒宗故其子孫皆守儒學而多聞人君尤博覽強記其爲文章多論當世利害甚辯有文集十卷奏議集十二卷其居官以精敏明幹所至有聲君學問之餘兼喜陰陽數術之說嘗自推其數曰吾年四十六死矣其親戚朋友莫不聞其說至其歲果然嗚呼可謂異矣所謂命者果有數邪其果可以自知邪皇祐六年某月日其兄駕部員

外郎植與其孤葬君于某縣某鄉某原銘曰

其敏以達其果以决其守不奪其權不折其終一節

兹謂不没

尚書比部員外郎陳君墓誌銘

故尚書比部員外郎陳君卜以至和二年正月某日葬于京兆府萬年縣洪固鄉神禾原其素所知秘書丞李詡與其孤安期謀將乞銘於廬陵歐陽脩安期曰吾不敢詡曰我能得之乃相與具書幣遣君之客賈繹自長安走京師以請蓋君以至和元年五月某日卒于長安享年四十有六其仕未達而所爲未有

大見于時也然詡節義可信之士以詡能報君而君能知詡則君之爲人可知也已君諱漢卿字師黯世居閬中其先博州人因事僞蜀爲縣令遂留家焉其曾叔祖省華官至諫議大夫生堯叟堯佐堯咨先後爲將相而君自曾祖而下三世不顯曾祖諱省恭不仕祖諱堯封舉進士爲號縣主簿王均亂蜀詣闕上書獻破賊策不報遂退老于嵩山父諱淵亦舉進士官至大理寺丞與其兄漸所謂金龜子者皆以文學知名君生一歲而孤年十三與其母入蜀過鳳翔謁其府尹而吏少君不爲之通君直入伏庭下曰陳某

請見因責尹慢士戒吏不謹尹慹笞吏以謝君君用
叔祖堯咨蔭補將作監主簿累遷大理寺丞監沙苑
監權知渭南縣民有兄弟爭田者吏常直其兄而弟
訟不已君為往視其田辨其券書而以田與弟其兄
謝曰我悔欲歸弟以田者數矣直懼笞而不敢耳弟
曰我田故多然耻以不直訟兄今我直矣願以田與
兄兄弟相持慟哭拜而去由是縣民有事多相持詣
君得一言以决曲直又知登封縣縣有惡盜十人已
謀未發而尉方以事出君募少年選手力夜往捕獲
之明日召尉歸以賊與之曰得是可以論賞賞未及

下而尉卒尉河南儒者魏景山也老而且貧君爲主其喪事買田宅于汝州以活其妻子通判嘉州治田訟三十年不决者一日決之秩滿嘉人詣轉運使乞留不得時文丞相守成都薦其材而薦者十有五人通判河中府府有妖獄二百餘人君方以公事之他州提點刑獄司疑獄有寃召君還視之獨留其一人餘皆釋之累遷尚書虞部員外郎天子享明堂推恩遂遷比部通判寧州决疑獄活一家五人君好學重氣節嘗有負其錢數千萬輒毁其劵棄之與人交久而益篤喜爲歌詩至於射藝書法醫藥皆精妙尤好

古書奇畫每傾貲購之嘗自爲録藏于家其材能好尚皆可嘉也毋曰仁壽縣太君王氏初娶王氏生一子安期也後娶又曰王氏銘曰

在蜀僞時㲹昏不迷惟陳最微蜀亡而東高明顯融莫如陳宗惟陳有聲自其高曾君世不興惟興與伏有俟而畜其周必復實始自君昌其子孫考銘有文

鎮安軍節度使同中書門下平章事贈中書令謚文簡程公墓誌銘

嘉祐元年閏三月己丑鎮安軍節度使檢校太師同中書門下平章事使持節陳州諸軍事陳州刺史程

公薨于位以聞詔輟視朝二日贈公中書令於是其孤嗣隆以狀上考功移于太常而博士趙曰法宜謚乃謚曰文簡明年十月十八日葬公于河南伊闕之某鄉某原（一作神陰鄉張留里）其孤又以請于太史而史臣脩曰禮宜銘乃考次公之世族官封爵號卒葬時日與其始終之大節合而誌於其墓且銘之曰惟程氏遠有世序自重黎以來其後居中山者出於魏安鄉侯昱之後公諱琳字天球中山博野人也曾祖贈太師諱新曾祖妣吴國夫人齊氏祖贈太師中書令諱贊明祖妣秦國夫人吴氏考袁州宜春令贈太師中書

令（一有兼字）尚書令冀國公諱元白妣晉國夫人楚氏公以大中祥符四年舉服勤辭學高第爲泰寧軍節度掌書記（一作推官）改著作佐郎知壽陽縣秘書丞監左藏庫天僖中詔舉辭學優行召試直集賢院今天子即位遷太常博士三司户部判官是時契丹所遣使者數出不遜語生事而主者應對多失辭上患之已而契丹來賀即位乃選公爲接伴使而契丹使者言太后當遣使通書公遽以禮折之乃已史官修眞宗實録而起居注闕命公修大中祥符八年以後起居注遂修起居注遷祠部員外郎提舉在京諸司庫務

以本官知制誥同判吏部流内銓天聖五年館伴契丹賀乾元節使使者言中國使至契丹坐殿上位次高而契丹使來坐次下當陛語甚切不已而上與大臣皆以爲小故不足爭將許之公以謂許其小必啓其大力爭以爲不可遂止河决滑州初議者言可塞役既作而後議者以爲不可乃命公往視之公言可塞遂塞之歲中遷右諫議大夫權御史中丞明年拜樞密直學士知益州蜀人輕而喜亂公常先制於無事至其臨時如不用意而略其細治其大且甚者不過一二而蜀人安之自寮吏皆不能窺其所爲正月

俗放燈吏民夜會聚遨嬉盛天下公先戒吏爲火備有失火者使隨救之勿白以動衆旣而大宴五門城中火吏救止卒宴民皆不知蓋其他設施多類此軍士見監軍告其軍有變監軍入白公笑遣之惶恐不敢去公曰軍中動靜吾自知之苟有謀者不待告也可使告者來監軍去而告者卒不敢來公亦不問遂止蜀州妖人有自號李冰神子者署官屬吏卒聚徒百餘人公命捕寘之法而譏之朝者言公妄殺人蜀人恐且亂矣上遣中貴人馳視之使者入其境居人行旅爭道公善使者問殺妖人事其父老皆曰殺一

人可使蜀數十年無事使者問其故對曰前亂蜀者非有智謀豪傑之才乃里閭無賴小人爾惟不制其始遂至於亂也使者視蜀既無事又得父老語還白於是上益以公爲能遷給事中知開封府禁中大火延兩宫宦者治獄得縫人火斗已誣伏而下府命公具獄公立辨其非禁中不得入乃命工圖火所經而後宫人多所居隘其烓竈近版壁歲久燥而焚曰此豈一日火哉乃建言此殆天災也不宜以罪人上爲緩其獄故卒得無死者公在府決事神速一歲中獄常空者四五遷工部侍郎龍圖閣直學士守御史中

丞。是歲，以翰林侍讀學士復知開封府。明年，爲三司使，治財賦，知本末出入有節，雖一金不可（一作敢）妄取。累遷吏部侍郎。景祐四年，以本官參知政事。司天言日食明年正旦，請移閏月以避之。公以謂天有所譴，非移閏可免，惟脩德政而已，乃止。范仲淹以言事忤大臣，貶饒州。已而上悔悟，欲復用之，稍徙知潤州。而惡仲淹者復誣以事，語入，上怒，亟命置之嶺南。自仲淹貶，而朋黨之論起，朝士牽連（一有字）出語及仲淹，皆指爲黨人。公獨爲上開說，明其誣枉，上意解而後已。公爲人剛決明敏，多識故事，議論慨然。及知政事，益奮勵無所回避宰相有所欲私輙以語折之至今人往往能道其語而小人僥倖多不得志遂共以事中之坐貶光禄卿知潁州已而上思之徙知青州又徙大名府居一歲間遷户部吏部二侍郎尚書左丞資政殿學士北京建興宦者皇甫繼明爭治行宫事章交上上遣一御史視其曲直御史直公遂罷繼明是時繼明方信用其勢傾動中外自朝廷大臣莫不屈意下之而公被中傷方起未復而獨與之爭雖小故不少假也故議者不以公所直爲難而以能不爲繼明屈爲難也遷工部尚書資政殿大學士河北安撫

使慶曆六年拜武昌軍節度使陝西安撫使知永興軍府事明年加宣徽北院使判延州夏人以兵三萬臨界上前三日公諜知其來戒諸堡寨按兵閉壁虜至以爲有備引去訖公去不復窺邊趙元昊死子諒祚立方幼三大將共治其國言事者謂可除其諸將皆以爲節度使使各有其所部以分弱其勢可遂無西患事下公公以謂幸人之喪非所以示大信撫夷狄而諒祚雖幼君臣和三將無異志雖欲有爲必無功而反生事不如因而撫之上以爲然皇祐元年加同中書門下平章事復判大名府兼北京留守自元

昊反河西契丹亦犯約求地二邊兵興連歲不觧而
公方入與謀議更守西北二方尤知夷狄虛實情僞
山川要害所以行師制勝營陣出入之法於河北尤
詳其奏議頗多雖不能盡用其指畫規爲之際有可
喜也再居大名前後十年威惠信於其人人爲立生
祠公自罷政事益不妄與人合亦卒不復用既徙鎮
安居三歲上書曰臣雖老尚能爲國守邊未報而得
疾享年六十有九公累階開府儀同三司勲上柱國
開國廣平郡爵公食户七千四百而實封二千一百
賜號推誠保德守正翊戴功臣娶陳氏封衛國夫人

子男四人曰嗣隆太常博士嗣弼殿中丞嗣恭太常博士嗣先大理寺丞女五人長適職方員外郎榮諲次適秘書丞韓縝次適都官員外郎晁仲約（一作綽）次適大理寺丞吴得次適將作監主簿王偁孫三人長曰伯孫次曰公孫皆太常寺太祝次曰昌孫守秘（一作按）書郎有文集奏議六十卷公平生寡言笑慎於知人既已知之久而益篤喜飲酒引滿然人罕得其驩而與余尤相好也銘曰

君子之守志於不奪不學而剛有摧必折毅毅程公其剛不屈公在政事有諤其言直雖不容志豈不完

謂公不顯，公位將相。豈無謀謨，胡不以訪。老于輔藩（一作藩輔），白首猶壯。公雖在外，邦國之光。奄其不存，士夫曷望。吉卜之從，兆此新岡。惟其休聲，逾（一作愈）遠彌長。

居士集卷第三十

熙寧五年秋七月男發等編定

紹熙二年三月郡人孫謙益校正

杜待制墓誌知建安縣建本吉本同而蜀本衢本作建昌羅氏本作建陽朝佐按仁宗實録杜杞傳作建陽今從之

張公墓銘讀于一作於新人有進上人一作之乃以爲一作乃以公爲工部二字上一有尚書字

杜公墓銘四十六十一作四有六

程文簡公墓銘八年以後起居江此下一有二十卷三字告其軍一作告其軍

居士集卷第三十一　歐陽文忠公集三十一

墓誌五首

太子太師致仕杜祁公墓誌銘

故太子太師致仕祁國公贈司徒兼侍中杜公諱衍字世昌越州山陰人也其先本出於堯之後歷三代常爲諸侯後徙其封于杜而子孫散適他國者以杜爲氏自杜赫爲秦將軍後三世御史大夫周及其子建平侯延年仍顯于漢又九世當陽侯預顯于晉又十有四世岐國公佑顯于唐又九世而至于祁公其爲家有法其吉凶祭祀齋戒日時幣祝從事一用其

家書自唐滅士喪其舊禮而一切苟簡獨杜氏守其家法不遷於世俗蓋自春秋諸侯之子孫歷秦漢千有餘歲得不絕其世譜而唐之盛時公卿家法存於今者惟杜氏公自曾高以來以恭儉孝謹稱鄉里至公爲人尤潔廉自剋一作刻其爲大臣事其上以不欺爲忠推於人以行己取信故其動靜纖悉謹而有法至考其大節偉如也一作至考其始終之大節雖右君子有不能及也其立於朝廷天下國家以爲重退而老也久而天子益思之公享年八十官至尚書左丞方其六十有九歲且盡即上書告老明年以太子少師致仕累遷太子太保太傅太師封祁國公於其家

天子祀明堂，遣使者召公陪祠，將有所問，以疾不至。而歲時存問勞賜不絶。公少舉進士高第，爲揚州觀察推官，知平遥縣，通判晉州，知乾州，遷河東、京西路提點刑獄，知揚州，河東、陜西路轉運使，入爲三司戶部副使，拜天章閣待制，知荆南府，未行，以爲河北路都轉運使，遂知天雄軍，召爲御史中丞，判流内銓，知審官院，拜樞密直學士，知永興軍，徙知并州，遷龍圖閣學士，復知永興軍，權知開封府。康定元年，以刑部侍郎同知樞密院事，即拜副使。慶曆三年，遷吏部侍郎、樞密使。明年，以本官同中書門下平章事。公治吏事如其爲人其聽獄訟雖明敏而審覈愈精故屢決疑獄人以爲神其簿書出納推析毫髮終日無倦色至爲條目必使吏不得爲姦而已及其施於民者則簡而易行始居平遥嘗以吏事適他州而縣民爭訟者皆不肯決以待公歸知乾州未滿歲安撫使察其治行以公權知鳳翔府二郡之民爭於界上一曰此我公也汝奪之一曰今我公也汝何有焉夏人初叛命天下苦於兵而自陜以西尤甚吏緣侵漁調發督迫至民破産不能足往往自經投水以死於是時公在永興語其人曰吾不能免汝然可使汝不勞爾乃

爲之區處計較量物有無貴賤道里遠近寬其期會使以次（一作次第）得輸送由是物不踊貴車牛芻秣宿食來往如平時而吏束手無所施民比他州費省十六七至於繕治城郭器械民皆不知開封治京師常撓於權要有干其法而能不爲之屈者世皆以爲難至公能使權要不敢有所干凡其爲治以聽斷盜訟爲能否爾獨公始有餘力省其民事如治他州而纖悉諸縣之民皆被其惠開封比比出能吏而兼於民政者惟公一人吏部審官主天下吏員而居職者類以不久遷去故吏得爲姦公始視銓事一日選者三人

爭某闕公以問吏吏受丙賕對曰當與甲乙不能爭遂乃一作授他闕居數日吏教丙訟甲負某事不當得公悟召乙問之乙謝曰業已得他闕不願爭公不得已與丙而笑曰此非吏罪乃吾未知銓法爾因命諸曹各具格式科條以白問曰盡乎曰盡矣明日勑諸吏無得升堂使坐曹聽行文書而已由是吏不得與銓事與奪一出於公居月餘翕然聲動京師其在審官有以賄求官者吏謝不受曰我公有賢名不久見用去矣姑少待之慶曆之初上猒西兵之久出而民弊亟用今丞相富公樞密韓公及范文正公而三人

者遂欲盡革衆事以修紀綱而小人權倖皆不悅獨公與相佐佑而公尤抑絶僥倖凡内降與恩澤者一切不與每積至十數則連封而面還之或詰責其人至懟恨涕泣而去上嘗謂諫官歐陽脩曰外人知杜某封還内降邪吾居禁中有求恩澤者每以杜某不可告之而止者多於所封還也其助我多矣此外人及杜某皆不知也然公與三人者卒皆以此罷去公多知本朝故實善決大事初邊將議欲大舉以擊夏人雖韓公亦以爲可舉公爭以爲不可大臣至有欲以沮軍罪公者然兵後果不得出契丹與夏人爭銀

羌族大戰黄河外而鴈門麟府皆警范文正公安撫
河東欲以兵從公以爲契丹必不來兵不可妄出范
公怒至以語侵公公不爲恨後契丹卒不來二公皆
世俗指公與爲朋黨者其論議之際蓋如此及三人
者將罷去公獨以爲不可遂一作故亦罷以尚書左丞
知兖州歲餘乃致仕公自布衣至爲相衣服飲食無
所加雖妻子亦有常節家故饒財諸父分産公以所
得悉與昆弟之貧者俸禄所入分給宗族賙人急難
至其歸老無屋以居寓於南京驛舍者久之自少好
學工書畫喜爲詩讀書雖老不倦推奬後進今世知

名士多出其門居家見賔客必問時事聞有善喜若
已出至有所不可憂見於色或夜不能寐如任其責
者凡公所以行之終身者有能覆其一君子以為人
之所難而公自謂不足以名後世遺戒子孫無得紀
述嗚呼豈所謂任重道遠而爲善惟日（一無此字）不足者
歟曾祖太子少保（一作師）諱其贈太師祖鴻臚卿諱叔
詹追封吳國公父尚書度支員外郎諱遂良追封韓
國公皆贈太師中書令兼尚書令娶相里氏封晉國
夫人子男曰誂大理評事訢太常愽士訥將作監主
簿詒祕書省正字三子早卒女長適集賢校理蘇舜

欽次適祕閣校理李綖次適單州團練推官張遵道公以嘉祐二年二月五日卒于家其子許以其年十月十八日葬公于應天府宋城縣之仁孝原銘曰

翼翼祁公率履自躬一其初終惟德之恭公在于位士知貪廉退老于家四方之瞻豈惟士夫天子曰咨爾曲爾直繩之墨之正爾方圓有矩有規人莫之踰公無爾欺予左予右惟公是毗公雖告休受寵不已宮臣國公即命于第奕奕明堂萬邦從祀豈無臣工爲予執法何以召之惟公舊德公不能來予其往錫君子愷悌民之父母公雖百齡人人以爲必不俾黄耇

喪予元老寵禄之隆則有止期惟其不已既去而思
銘昭于遠萬世之詒

太常博士尹君墓誌銘并序

君諱源字子漸姓尹氏與其弟洙師魯俱有名於當世其論議文章博學彊記皆有以過人而師魯好辯果於有爲子漸爲人剛簡不矜飾能自晦藏與人居久而莫知至其一有所發則人必驚伏其視世事若不干其意已而推其情僞計其成敗後多如其言其性不能容常人而善與人交久而益篤自天聖明道之間予與其兄弟交其得於子漸者如此其曾祖諱

誼贈光禄少卿祖諱文化官至都官郎中贈刑部侍郎父諱仲宣官至虞部員外郎贈工部郎中子漸初以祖蔭補三班借職稍遷左班殿直天聖八年舉進士及第爲奉禮郎累遷太常博士歷知芮城河陽二縣簽署孟州判官事又知新鄭縣通判涇州慶州知懷州以慶曆五年三月十四日卒于官趙元昊寇邊圍定川堡大將葛懷敏發涇原兵救之君遺懷敏書曰賊舉其（一無此字）國而來其利不在城堡而兵法有不得而救者且吾軍畏法見敵必赴而不計利害此其所以數敗也宜駐兵瓦亭見利而後動懷敏不能用

其言遂以敗死劉渙知滄州杖一卒不服渙命斬之以聞（一作徇）坐專殺降知密州君上書爲渙論直得復知滄州范文正公常薦君材可以居館閣召試不用遂知懷州至朞月大治是時天子用范文正公與今觀文殿學士富公武康軍節度使韓公欲更置天下事而權倖小人不便三公皆罷去而師魯與時賢士多被誣枉得罪君歎息憂悲發憤以（一無此字）謂生可厭而死可樂也往往被酒哀歌泣下朋友皆竊怪之已而以疾卒享年五十至和元年十有二月十三日其子材葬君于（一作於）河南府壽安縣甘泉鄉龍（一作龕）澗

里其平生所爲文章六十篇皆行於世子男四人曰

材植機桴嗚呼師魯常勞其智於事物而卒蹈憂患以窮死若子漸者曠然不有累其心而無所屈其志然其壽考亦以不長豈其所謂短長得失者皆非此之謂歟其所以然者不可得而知歟銘曰

有韞于中不以施一憤樂死其如歸豈其志之將衰不然世果可嫉其如斯

太子中舍梅君墓誌銘

故太子中舍致仕梅君諱讓字克讓世爲宣城人常以文學仕進君獨不肯仕其弟詢勉之君曰士之仕

也進而取榮禄易欲行其志而無媿於心者難吾豈
不欲仕哉居其一無此字官不得行其志食其一無此字禄而
有媿於其心者吾不爲也今吾居父母之邦事長老
以恭接朋友以信守吾墳墓安吾里閭以老死而無
恨此吾志也其弟後貴顯必欲官之君堅不肯乃奏
任君大理評事致仕于家有子六人曰堯臣曰正臣
曰彥臣曰禹臣曰純臣其一早卒其三子皆仕宦而
堯臣有名當世今爲國子博士累以郊祀恩進君爲
太子中舍君既老堯臣來歸朱服象笏侍君旁鄉人
不榮其子而榮其父堯臣等皆以君年高願留養君

不許曰此非吾意也顧其二子曰勉爾朝夕以輔吾老顧其三子曰勉爾名譽以爲吾榮居者養吾體仕者養吾志可也君享年九十有一（一作二）康彊無恙以皇祐元年正月朔卒于家其子堯臣泣請於其友廬陵歐陽脩曰堯臣不肖仕不顯而無聞不足以成吾先人之志退託文字以銘後世又不敢以自私予乃爲之（一本上四字作爲之子其爲吾銘之）銘曰

志之充樂也（一作乎）中壽以隆福有終銘無窮耀幽宮

湖州長史蘇君墓誌銘（并序）

故湖州長史蘇君有賢妻杜氏自君之喪布衣蔬食

居數歲，提君之孤子，欽其平生文章走南京，號泣于其父曰：吾夫屈於生，猶可伸於死。其父太子太師以告於予，予爲集次其文而序之，以著君之大節，與其所以屈伸得失，以深誚世之君子當爲國家樂育賢材者（一有惜字），且悲君之不幸。其妻卜以嘉祐元年十月某日葬君于潤州丹徒縣義里鄉檀山里石門村，又號泣于其父曰：吾夫屈於人間，猶可伸於地下。於是杜公及君之子泌皆以書來乞銘以葬。君諱舜欽，字子美。其上世居蜀，後徙開封（一有府字），爲開封人。自君之祖諱易簡，以文章有名太宗時，承旨翰林，爲學士參知政事官至禮部侍郎父諱耆官至工部郎中直集賢院君少以父蔭補太廟齋郎調滎陽尉非所好也已而鎖其廳去舉進士中第改光禄寺主簿知蒙城縣丁父憂服除知長垣縣遷大理評事監在京樓店務君狀貌奇偉慷慨有大志少好古工爲文章所至皆有善政官于京師位雖卑數上疏論朝廷大事敢道人之所難言范文正公薦君召試得集賢校理自元昊反兵出無功而天下殆（一作怠）於久安尤（一作而）困兵事天子奮然用三四大臣欲盡革衆弊以紓民於是時范文正公與今富丞相多所設施而小人不便

顧人主方信用思有以撼動未得其根以君文正公之所薦而宰相杜公壻也乃以事中君坐監進奏院祠神奏用市故紙錢會客爲自盜除名君名重天下所會客皆一時賢俊悉坐貶逐然後中君者喜曰吾一舉網盡之矣其後三四大臣（一有相字）繼罷去天下事卒不復施爲君攜妻子居蘇州買水石作滄浪亭日益讀書大涵肆於六經而時發其憤悶於歌詩至其所激往往驚絶又喜行押（一作草）書皆可愛故其雖短章醉墨落筆爭爲人所傳天下之士聞其名而慕見其所傳而喜往揖其貌而竦聽其論而驚以服久與

其居而不能捨以去也居數年復一作二年後得湖州長史慶曆八年十二月某日以疾卒于蘇州享年四十有一君先娶鄭氏後娶杜氏三子長曰泌將作監主簿次曰液曰激二女長適前進士陳紘次尚幼初君得罪時以奏用錢爲盗無敢辨其寃者自君卒後天子感悟凡所被逐之臣復召用一有今字皆顯列于朝而至今無復爲君言者宜其欲求伸於地下也宜予述其得罪以死之詳而使後世知其有以也既又長言以爲之辭庶幾并寫子之所以哀君者其辭曰

謂爲無力兮孰擊而去之謂爲有力兮胡不反子之

歸豈彼能兮一作而此不爲善百譽而不進兮一毀終世以顛擠荒孰問兮杳難知嗟子之中兮有韞而無施文章發耀兮星日光輝雖冥冥以掩恨兮不一作宜昭昭其永垂

翰林侍讀侍講學士王公墓誌銘并序

公諱洙字原叔其生始能言已知爲詩指物一有輒字能賦既長學問自六經史記百氏之書至於圖緯陰陽五行律吕星官筭法訓故字音一本上四字作方言訓詁篆隸八分無所不學學必通達如其專家其語言初如不出諸口已而辨别條理發其精微聽者忘倦決疑請益人人

必得其所欲故自其少也一時名臣賢士皆稱慕之其名聲著天下初舉進士爲廬州舒城尉坐事免官歸居南京故相臨淄晏公爲留守奇其文章待以客禮久之復調賀州富川主簿未行臨淄公薦其才留居應天府學教諸生會（一無此字）詔舉經術士爲學官京東轉運使舉公應詔召爲國子監直講遷大理評事史館檢討知太常禮院天章閣侍講直龍圖閣同判太常寺慶曆中小人有不便大臣執政者欲排去之未知所發而杜丞相子壻蘇舜欽爲集賢校理員時名所與交遊皆當世賢豪已而舜欽坐監進奏院祠

神會客爲御史所彈公以（一作預）坐客貶知濠州徙知襄徐亳三州范文正公富丞相皆言王某學問經術多識故事宜在朝廷復召爲檢討同判太常寺侍講充史館修撰拜知制誥權判吏部流内銓至和元年九月爲翰林學士三年以親嫌改侍讀學士兼侍講學士嘉祐二年九月甲戌朔以疾卒享年六十有一累官至尚書吏部郎中階朝散大夫勳輕車都尉爵開國伯食邑五百戶公爲人寬厚樂易孝於宗族信於朋友諸孤不能自立者皆爲之嫁娶始舉進士時與鄭穎同保人有告穎冒（一有祖字）毋禫者法當連坐主

司召公問果保禛否不然可易也公言保之不可易也於是與禛俱罷公以文儒進用能因其所學爲上開陳其言緩而不迫天子常喜其説意有所欲必以問之無不能對嘗以塗金龍水牋爲飛白詞林二字以褒之至於朝廷他有司前言故實皆就以考正既領太常吉凶禮典撰定尤多嘗修集韻校定史記前後漢書編國朝會要鄉兵制度祖宗故事三朝經武聖略皇祐中大享明堂翰林侍讀學士宋祁言明堂禮廢久必得通知古今之學者詔公共草其儀禮成撰大享明堂記又詔修雅樂晚喜隸書尤有古法詔

易傳十篇（一無此五字）其他（一作所爲）文章千有餘篇其施於爲政敏而有方襄州中廬戍兵驕前爲守者患之不能制公至因事召之悉集于庭告曰某時爲某事者非其人邪取其一二人（一無此字）寘于法餘悉不問（一有由是二字）兵始知懼是時妖賊攻貝州州縣無遠近皆警動佐吏勸公毋給州卒教習者真兵公笑曰是欲防亂乎此所以使人不安也在徐州遭歲大饑免民舟筭緡使得糴旁郡而（一有多字）出公私米粟賑民所活尤多（一作甚衆）有司上其最（一有爲京東第二五字）降詔書襃美（一作獎諭）其在朝廷多所論議遇人恂恂惟謹及既殁而考其言

皆當世要（一作大）務公知制誥夏竦卒天子以東宮舊恩賜謚文獻公曰此僖祖皇帝謚也封還其目不爲草辭因曰前有司謚王溥爲文獻章得象爲文憲字雖異而音同皆當改於是太常更謚竦文莊而溥得象皆易謚又嘗論宗戚近幸冒法干恩澤以亂刑賞又言天下民田稅不均而姦民逃亡有司失其常稅請用郭諮孫琳千步開方爲均田法頒之州縣使因民訟稍稍均之可不擾而有司得復其常數近時選諫官御史有執政之臣嘗薦舉者皆以嫌不用公以謂士飭身勵行而大臣薦賢以報國以嫌廢置（一作之）

是疑大臣而廢賢材不可及論河功邊食皆可施行方公病時八月開邇英閣侍臣並進講讀而公獨病（一作不在）天子思之遣使者問公疾少間否能起而爲子講邪既而公病篤以卒天子震悼輟朝加等贈給事中特賜謚曰文即以其年十月辛酉葬于應天府虞（一作宋）城縣之孟諸鄉土山原公應天宋城人也曾祖諱旱祖諱化贈太傅父諱礪贈太師中書令兼尚書令公初娶董氏再娶胡氏皆先公卒又娶齊氏封高陽郡君子男五人長曰叟臣早卒次曰力臣太常寺太祝次欽臣秘書省正字次陟臣將作監主簿次曾

臣某官一無二字一女適太常博士陳安道銘曰
惟王氏之先遠自三代下迄戰國商周齊魏其後之
人皆以王爲氏故其爲姓尤多於後世而太原之王
出周王子公世可考實太原人後家于宋遂以蕃延
惟其皇考是生八子公實其季其德克嗣播其休聲
以顯于仕八支之盛名譽材賢公考朝廷儒學之臣
退食于家誂誂子孫豈其不樂胡奪之年朝無咨詢
士失益友送車國門出涕引首于兹歸藏刻銘不朽

居士集卷第三十一

熙寧五年秋七月男發等編定

紹熙二年三月郡人孫謙益校正

杜祁公墓誌銘衢閩蜀本皆作娶相里氏司馬公記聞亦然惟羅氏并吉本以爲李氏近歲吉州教授林仲熊遂入纂誤非也

王文公墓誌銘諸本皆作階朝奉大夫惟羅氏本作朝散大夫

蘇長文墓誌天下殆於久安二十三卷余襄公神道碑作息於久安朝佐玫公集息迨殆三字似通

用徐氏墓誌吾毋不以愛殆我穀城縣夫子廟記見者殆爲此亦以怠爲殆也劉侍讀墓誌殆今三十年癸丁學士文殆榮華之銷歇此則以迨爲殆也諸本間有改者覽者以意讀之

杜祁公墓誌銘　而三人者遂欲盡華衆事遂一作乃工書畫蓋心畫之畫一本以其用俗書畫字淺削去後有李端懿蔡襄墓誌皆云工書畫

蘇君墓銘　太子太師此下一有祁國公三字文章文一作文華所好一作其好